ひとごと

森 浩美

角川文庫
19187

あれは自分には関係のないこと……
まったく自分には縁のない話……
本当にそれは〝ひとごと〟なのだろうか
誰の胸にも刺さっている棘《とげ》ではないだろうか

目次

桜ひらひら

朝ご飯に出された卵焼きを、ぼんやりと口に運んでいた。

「ん、何か言った？」

「ほら、あれ、可哀想に……」と、母が声と一緒に溜息《ためいき》を漏らす。

テレビ画面に目を向けると、六歳の男の子を裸にし、ひと晩中ベランダに放置して死なせてしまった母親が逮捕されたニュースが映し出されていた。

「最近は、こんな酷《ひど》い親ばっかりよねえ」

母は大袈裟《おおげさ》に首を振って顔を歪《ゆが》めて続けた。

「いくら桜が咲く季節だっていっても、まだまだ寒いじゃない。それを朝まで外に出したままにするなんて、しかも裸でしょう、考えられない……」

報道陣がカメラのフラッシュを焚《た》くたびに、車の後部座席に乗せられ、連行される女の姿が浮かび上がる。隣に座る女性は刑事なのだろう、紺色のブルゾンで顔を隠した女の頭を押さえている。

「ええっ、三十なの？　いい歳して、まったく。大体、こんなことすればそうなるって分かりそうなもんだけど」氏名と一緒に表示された女の年齢を見て、驚きながら母はまた首を振った。

「きっと『躾《しつけ》のつもりでやった』なんて開き直るのよ。大体、そういうパターンよね。死なせちゃったら、躾も何もないでしょうに……。男の子も泣き叫ばなかったのかしら？　そうすれば、ご近所が気づくわよね。うーん、気づいても通報はしないかしら？今のご近所さんは。え、何、ガムテープ？」

母の疑問に答えるように、キャスターが「口にはガムテープを貼って、声を出せないようにしていたという情報もあります。なお、動機や経緯についてはこれからの取り調べで明らかにされていくでしょう」と告げた。

そして、画面は天気予報に変わったのだが、母の口は止まらない。

「あれは日頃から、やってたんじゃないの、虐待？　テープを口に貼るなんて、フツー思いつく？　あ、旦那《だんな》さんはどうしてたわけ？　いないの？　ああ、一緒にやってた可能性もあるわよねえ」

母の話は推理に突入した。放っておくと煩《うるさ》くてかなわない。

「お母さん、名解説は分かったから、もう黙ってくれない。私、頭が痛くなっちゃうわよ」

母は渋々、口を閉じて椅子に座り直した。やっと静かになったかと思ったのも束の間

「でもねえ、あんなふうに死なせちゃうんなら産まなきゃよかったのにね」と、再び口を開いた。

昔はこんなに喋《しゃべ》る人ではなかったのに……。しばらくひとり暮らしを経験して、母は

よく喋るようになった。いや、独り言を言うようになったというのが正しい。

公務員だった父は五年前、定年を目前に控えたある日突然、風呂場《ふろば》で倒れ、そのまま意識が戻らず帰らぬ人になった。脳梗塞《のうこうそく》だった。兄も私も結婚をして、実家であるこの家から出ていたので、父が亡くなってから、母はひとりで二階建ての家で暮らしていた。

そんなところへ私が転がり込んで一年ちょっとが経った。

「それにしても、理不尽よね、世の中は。結子《ゆうこ》、そう思わない？」

「何が？」

「だって、そうでしょう。子どもを死なせちゃう親がいるかと思えば、その一方で、ね」

母が何を言い出そうとしているのかはすぐ分かった。

「もう、どうしてそっちへ話をもっていくのよ」

「そりゃあ、結子が色々と辛《つら》いのも分かるけど、そろそろ先のことを考えた方がいいと思うんだけど……」

「お母さんに何が分かるって言うのよ」私は少し苛《いら》つきながら返した。

「あなた、もう三十五でしょう？　体力的なこともね……。敬一《けいいち》さんはどう考えてるの？」

夫、敬一とは別居中なのだ。冷却期間に適正な長さというものがあるのかどうか知らないが、たぶん離婚は時間の問題だろう。夫が充分に傷ついていることは分かっている。

私もそろそろ自分の気持ちを立て直さねばならないと思っているのだけど、そのきっかけが見つけられない。

「そんなこと分かんないわよ」

「分からない分からないって、なんなの一体」

「どうせ私の気持ちなんて分かりっこないのよ」

実の母娘《おやこ》というのは、甘えもあるせいで、ついつい遠慮深さに欠け、無神経な言葉を投げつけたりするものだ。私も相当な口の利き方をすることがあるが、母にはデリカシーというものまでなくなってしまった気がする。

「お母さんにはね、翔《しょう》や渚《なぎさ》っていう孫が他にもいるから平気で暢気《のんき》なことが言えるのよ」

翔と渚は兄の子で、この春、それぞれ小学五年生と三年生になった。

「でも、私には……」

私は食べかけの茶碗《ちゃわん》を置くと「ごちそうさま。ちょっと出てくる」と食卓を離れた。

「どこ行くの？　仕事？」

背後から聞こえてくる問い掛けに振り向きもせず、居間を抜けて二階の自室に上がった。そしてスプリングコートと小さなトートバッグを摑《つか》むと、階段を駆け下り、そのまま黙って玄関を出た。

行くアテがあって家を出たのではない。あのまま母の前に座っていたら、間違いなく言い争いになった。いや、口論はいい。厭《いや》なのは傷口に触れられることなのだ。

歩き始めて、ふと顔を上げると、緩やかに続く上り坂の上に、霞《かすみ》がかかった春の空が広がっていた。

「はあ……」立ち止まると、思わず深い溜息が出た。

住宅街の乾いた道路に伸びる自分の黒い影を踏みながら、再び歩き始める。

しばらくすると歌声が聞こえてきた。音楽の授業なのだろう。フェンス越しに校舎が見える。私がかつて通っていた小学校だ。新学期を迎えた校庭の桜ははらはらと花びらを散らし始め、辺り一面をピンク色に染めている。

私の息子、亮太朗《りょうたろう》もこの春、ランドセルをコトコトと背負い、小学校生活をスタートさせていたはずなのだ。

死んだ子の年を数えるものではない、と人は言うけれど、そんなことは当事者ではない人間の戯言《たわごと》に過ぎない。こういう光景を目の当たりにすれば否応《いやおう》なしにあの子の想い出が甦《よみがえ》る。

息子は二年前、たったひとりで空へと上って逝ってしまった。

夫は総合商社、私は教育系の出版会社で働いていた。結婚してからも共働きを続けていたが、出産を機に私は退社した。子どもの傍で成長を見守りたかったからだ。ただ、その一方で、納得のいく成果を何ひとつ残していないという思いがあった。息子が一歳になる頃、昔のツテを頼ってフリーのライターになった。フリーランスであれば比較的、時間の調整は自分でできる。

幸運にも託児所に空きが見つかった。それに、ふた駅先には、いざというときに頼れる母親という援軍がいた。

「ホント、亮ちゃんは起きてるときはニコニコしてて、眠ればスヤスヤ。お腹がすいたときとおむつを濡《ぬ》らしたときくらいしか泣かないから預かってても楽だわ」

いつだったか母がそう感心していた。

出産は安産であり、生まれてからも夜泣きもしないような手の掛からない母親孝行な子だった。

しかし、三歳になった頃から、やんちゃぶりを発揮し、片時もじっとしていることがなくなった。

保育園に通い始めるようになって、送り迎えのときに顔を合わせる、同じ男の子を持つ母親が「男の子がこんなに動き回るなんてびっくり。追い掛け回して一日が終わっちゃうんだもの。もう、ちっちゃな怪獣を飼っているようなものね」と笑っていたが、まったく同感だった。

亮太朗は三月生まれの、所謂《いわゆる》、早生まれなので、他所《よそ》の同い年の子と比べると小さい感じがしたが、すばしっこかった。まともに相手をしていたら、こちらの身が保《も》たない。

それだけに、男親の助けは必須《ひっす》だった。

「明日《あした》、ゴルフに行ってくる」

あの日の前の晩、帰宅した夫は突然そう言い出した。

「ええ、何それ、聞いてなかったけど」

「どうしても断りきれなかったんだよなあ」

「でも、今度の土日は亮の相手をしてくれる約束じゃなかったっけ」

「そうだけど、しょうがないだろう。これも仕事のうちなんだし」

大体、ゴルフになどあまり興味を示していなかった夫なのだが、コースデビューを果たした途端、余程楽しかったのか、よく出掛けるようになった。

「もう、ここんところ仕事が詰まってて寝不足だし。あなたが相手をしてくれるからって期待してたのになあ」

その頃、ライターとしての仕事ぶりが認められ、育児雑誌の創刊に関わるチャンスを得た。うまくいけば、一冊の本にまとめて出版できる可能性もあった。

日中は取材に出掛け、息子を保育園や母親から引き取り自宅に戻ると、夕方から夜までは母親としての仕事をこなす。ただ食事の世話をして寝かしつけるだけなら苦にもならない。でも、お風呂の中で遊び、そして眠る前には〝怪獣〟とのバトルごっこがある。絵本を読み聞かせ、やっと息子が寝てくれたと思うと、大きな怪獣が帰宅し「腹減った」と言う。遅くなったら外で済ませてくれればいいものを、夫は外食が好きではないらしく、戻ってから食事をすることが多い。

夫婦の寝室はあるが、息子が生まれてからはリビングに接した和室に布団を並べて敷き、親子三人、川の字になって休んだ。とはいえ、私は簡単に横になることはできない。夫の鼾《いびき》と息子の寝息が交錯する音を聞きながら、食卓に小さな光を照らし、録音したインタビューを原稿に打つ作業を始める。大概深夜を回っている。そして朝には早起きをして、夫や息子の朝食作りから、洗濯、掃除といった家事をするのだ。そんな状態が数ヶ月ほど続いていた。

「仕事なんて言ってるけど、どうだか。あやしいもんだわね」

新しいクラブを買ったばかりなので、試したくてウズウズしているに違いない。

「パパね、亮よりゴルフの方が大事なんだって」

少し意地悪く、亮太朗に告げ口した。

「なんでそういうこと言うかなあ」

「それくらい厭味言わないとね」

約束を破られたことは歓迎できないが、家にいるときの夫は息子の相手をよくしてくれる。

「まあ、いいわよ、その代わり、明後日《あさって》の日曜日はしっかりつきあってあげてよ」

翌朝、あくびをしながら玄関先で夫を見送った。

マンションの通路から見る東京の空は雲ひとつなく晴れ渡っていた。

「ママ、すべりだいであそびたい」

朝食の後、息子に早速そうせがまれた。

男の子は、戦隊もののキャラクターにハマるか、乗り物にハマるかに大体分かれる。息子は〝乗り物派〟で、しかも電車だ。

絵本を与えると、驚くことにすべての電車の名前や型番まで覚えた。ただ、それはときとして妙な発音になる。

「チンカンセン、ノジョミ、ナナシャッケー」「スペッシャ」「ナンカイ、ラピド」

本人にすれば「新幹線のぞみ700系」「スペーシア」「南海ラピート」と言っているつもりなのだ。それでも「うちの子って天才じゃない？」と、夫とふたり、頬を緩ませた。

誕生日やクリスマス、こどもの日のプレゼントはすべて電車のおもちゃだ。

夫などは、まだ年齢的に早い、Nゲージの列車を買ってくることもあった。いくつの車両があるのか分からないくらいで、いつの間にかリビングは、プラレールのレールに占領された。

息子はどこに出掛けるときも、リュックいっぱいに電車を入れ、半ズボンの両方のポケットにも詰め込み、そして片手にいちばんのお気に入り〝ナンカイラピド〟を持つ。

「ねえ、ママ、すべりだい」

自分が滑り降りるのが楽しいというより、電車を滑らせることが気に入っていた。

できれば、家の中で過ごしたいところだったのだが「ねえねえ」と、私の脚にからみついてくる息子に根負けして「じゃあ、行こうか。あ、そうだ、お昼ご飯はハンバーガーでも食べる？　ううん、もっと美味《おい》しいもの食べちゃおうか」と出掛けることにした。「やったあ」と喜ぶときの笑顔はたまらない。

洗濯物を干したりしてから、亮太朗と手をつないで、近くの公園に向かった。途中、私鉄の線路があり、踏切を通り過ぎる車両を見ては「バイバイ」と楽しそうに手を振る。

息子は公園に着くなり、一目散に滑り台の階段を駆け上った。公園内には、週末ともあって、子どもと遊ぶ父親の姿が目につく。

「ママ、みてて」

天辺《てっぺん》に立った息子が手を振った。私はベンチに腰掛けて手を振り返した。

キーキーと擦《こす》れるブランコの音に混じって、小さな子どもたちがはしゃぐ声、そして時折、踏切の警報機音が聞こえる。

日差しはまるで毛布のように私を包み込み、眠気を誘う。小さなあくびを繰り返した。

あの子を見ておかなくちゃと、何度も目をしばたたきながら睡魔と闘っていたのだが、どうにも瞼《まぶた》が重い。次第に意識が遠退《とおの》く……。

「ねえ、ママ、でんしゃ、みにいこう……」

私の膝《ひざ》を揺する、小さな手の感触がした。夢心地の私は「う、ううん」と答えたまま目を開けられずにいた。

それからどれくらい経ったのだろう、ほんの一、二分だったに違いない。凄《すさ》まじい金属音のような音がして、はっと目が覚めた。後方から悲鳴にも似た声が響き、男性の「救急車、救急車を呼べっ」と叫ぶ声が聞こえた。

滑り台へ目を向けると、そこに息子の姿がなかった。思考回路が徐々に繋《つな》がる。私は立ち上がり、辺りを見回しながら「亮、亮太朗」と名を呼んだ。しかし、どこからも返事は返ってこない。

人だかりのできる様子に胸騒ぎがし、道路へと走り出した。人を掻《か》き分けるように割って入ると、グレーのセダンの下敷きになった足が見えた。息子と同じ青いズックだ。

いや、そんなはずはない、そんなはずは……。

それからの記憶は点としてしか残っていない。

お願いします、私の命を代わりに差し出しますから、亮太朗を助けてください……集中治療室の前の廊下にしゃがみ込み、ずっと祈り続けたが、願いは届かなかった。

治療室から出て来た息子の身体に覆い被《かぶ》さるようにしがみつき、狂ったように叫び続けていたらしい。

「亮ちゃん、亮、ほら、電車で、電車でママと遊ぼう。お願い、目を開けて」

医師か看護師だったのか分からないが、私を息子から引き離そうとする手を払い除《の》け、私は自分の額を息子のおでこに強く擦りつけた。

葬儀までの間、私は自分を、責めて責めて責め抜いた。

「どうしてすぐ気づいてやれなかったの」「どうして眠ってしまったの」「あんなに根を詰めて仕事なんてしなければ」「どうして、どうして、どうして……」

気づけば自分の身体のあちこちを叩《たた》いていた。悲しみの刃《やいば》を自分に突き刺すことで、許しを請う。亮太朗に詫《わ》びる気持ちだったのだ。

「お義母《かあ》さん、結子をお願いします」

葬儀の段取りに追われる夫が、私に付き添っていてほしいと母に頼んだ。母は付き添うというより、見張っていたのではないか。確かに、私は正気を失っていた。いや、正気でいられるはずもなかった。

岡山から駆けつけた夫の両親も私を責めることを一切言わなかった。それが却《かえ》って辛《つら》さを増した。いっそのこと、激しく罵《ののし》られた方が楽だったかもしれない。

お通夜に訪れた弔問客が「お気を確かに」と声を掛けてくれたが、耳を素通りした。親しい友人やママ友たちも、目を真っ赤に充血させ、我がことのように涙しながら慰めてもくれたが、どこか心に入ってこないのだ。

出棺の前、夫が持ってきた絵本と電車のおもちゃを棺《ひつぎ》の中に入れた。祭壇に祀《まつ》られた棺桶《かんおけ》は子ども用の大きさで、大人の半分くらいのものだ。人生の短さを表しているようで耐えられなかった。

葬儀が済んで一週間、一ヶ月と過ぎても、私は抜け殻のようだった。

頭では息子がいなくなってしまったことを理解できるようになってはいたものの、時々「あ、寝坊した。保育園に遅れる」と、ベッドから飛び起きたり、冷蔵庫から牛乳パックを取り出し、亮太朗が大好きだった機関車トーマスが描かれたマグカップに注いでしまったりした。

抱えていた仕事は他のライターに引き継いでもらった。受けた仕事を全うできないなんて、無責任だという自覚はあったが、創刊号の特集は『最高に楽しい子育て』であり、とてもキーボードを叩く気にはなれなかった。

夫が会社に出た後は、悲しいかな、ひとりぼっちで過ごす時間ならたくさんある。つい最近まで、どう時間をやり繰りすれば、育児も家事も仕事もこなせるのだろうと考えていたのに。

時間があるからといって、亮太朗の物を片付けようなどという気持ちには到底なれない。事故当日に履いていたズックも、玄関に揃えて置いてある。成長の早い子どもなら、靴のサイズもどんどん大きいものになったに違いない。あっという間に、私のサイズを追い越し、夫と同じようなスニーカーを履くようになったはずだ。

靴だけじゃない。部屋のどこにでも、息子を感じさせる物がある。遺《のこ》されたシャツや靴下、帽子に顔を埋《うず》めながら「ママを許して」と、自分を責める。

妙なほど静まり返った部屋を嫌って、私はパソコンを持ち出し、保存してある息子の動画を繰り返し見ることもあった。そこには特別な日の映像だけではなく、日常の些細《ささい》な親子のふれあいが残されている。息子が無邪気に見せるひとつひとつの笑顔やはにかむ表情に切なくなり、また嗚咽《おえつ》する。

おっぱいを飲む。寝返りを打つようになった。つかまり立ちをするようになった。歯が生えた。……そんな瞬間を映した動画が続く。

「ハッピバースデイ・トゥー・ユー、ハッピバースデイ・トゥー・ユー、ハッピバースデイ、ディァア、亮太朗くーん、ハッピバースデイ・トゥー・ユー」

三歳の誕生日のとき、ろうそくを吹き消そうとして炎に近づき過ぎて、前髪をちりちりと焦がした。ガシャガシャと映像がひっくり返ったのは、ビデオの撮影をしていた夫が炎を素手で消したせいだ。

誕生日のみならず、お正月やこどもの日、クリスマス……。子どもが中心となった行事やイベントを経験してしまうと、そういう季節が巡ってくるたびに気分が沈む。うちにはもう、サンタはやってこないのだ。

いくら悲しんでも悔やんでも、残酷なもので日常の生活は存在する。

しかも、小さな命が消え去ったくらいでは、ドアを出た世界はいつもと変わりなく動いている。それが無性に腹立たしくなる。世間にとって息子のことなど、所詮《しょせん》は他人事《ひとごと》なのだ。

誰も気に留めることなどないのだと思いつつも、買い物に出たとき、子ども連れの母親たちが立ち話をしていると、足早にその場から立ち去った。

「あの人じゃない？」

「ああ、子どもを放ったらかしにして事故に遭わせちゃったっていう？」

「信じられないわよね」

「母親失格よ」

彼女たちの声など聞こえないのだが、そんなふうに私の不注意を咎《とが》めているように思えた。でも、たとえ、そう言われていても仕方がない。私は母親失格なのだから。

共に悲しみを乗り越えなければならない相手であるはずの夫との関係は、ぎくしゃくしたものになってしまった。

「大体、あなたがゴルフなんかに行くから」

「お前こそ、どうして亮から目を離したんだっ」

そんな言い争いは不毛だと分かってはいた。きっと夫もそう感じていただろう。しかし、ひとたび罵り合いに火が点《つ》くと、どうにも歯止めが利かない。

「大体、昔、あなたがあんなこと言ったりしたから」

「は、あんなことってなんだよ」

結婚を決めた頃、敬一と赤ちゃんの話になったことがあった。

「まあ、経済的に許されるなら、子どもはふたりほしいなあ」

「いいわね、私もそう思う。やっぱり兄弟はいた方がいいもの」

「最初は女の子、次に男の子。一姫二太郎かな」と、敬一は目尻《めじり》を下げた。

子どもを持つ前から、敬一は子煩悩になりそうな雰囲気を醸し出していた。

「ねえ、子どもができても、私の地位はいちばんでいられるのかな？」

ちょっとした戯《ざ》れ言だった。

「も、勿論《もちろん》さ。君がいちばんだ。その順位は揺るがない」

「じゃあさあ……。もしも、私と子どもが川で溺《おぼ》れていて、どちらかひとりだけしか助けられないとしたら、それでも私を助ける？」

「……うーん、いや、勿論、き、君を助けるさ。君はひとりしかいないんだから」

「嘘つき……。でも、私も同じよ」

思えば、結婚を決めたとはいえ、まだまだ恋愛中のふたりだ。子どもを持つことなど実感がなく、相手の機嫌を損なわないような気遣いでもあった。

「……子どもを見捨てるだなんて……。あんなことを言ったからバチが当たったんだわ」

「おいおい、それもオレのせいだって言いたいのか」

言い争いの結末は決まって沈黙だ。その静けさが更に闇の奥底へ私を引きずり込んでいく。

こんな思いをするなら、もう子どもなど要らない。いや、もし子どもをもうけるようなことになれば、亮太朗に申し訳ない。私は夫とベッドを共にすることはなくなった。

一周忌の法要を済ませた晩、夫は躊躇《ためら》うような顔付きで切り出した。

「悲しいのは分かる。オレだって同じだ。だけど、そろそろ忘れよう」

「忘れようですって？　そんなことできるわけないじゃない」

「亮がいたことを忘れようって言ってるんじゃないよ。ただ、もう区切りをつけるというか……」

「冷たい……人……」

「ちょっと待てよ、オレが悲しくないとでも、苦しんでないとでも思ってるのか」

「そう見えるけど」

夫は呆《あき》れた様子で首を振った。

「無茶苦茶だな……。ま、確かに、四六時中、あいつを思い出してるわけにもいかないんだ……仕事にも差し支《つか》えがあるし。亮には悪いけど……」

夫の言いたいことは分かるのだ。しかし、どうしても心が頷《うなず》いてはくれない。

「仕事、仕事って……」

通夜の晩、夫と夫の上司、福田《ふくだ》が交わしていた会話がふと頭を過《よぎ》った。

「……なんて言ったらいいのか。ま、仕事のことは部署の者が手分けしてなんとかするから心配するな」

福田はそう言って夫の二の腕を軽くつかんだ。

「お気遣いありがとうございます。でも、大丈夫ですから」

「いや、お前は奥さんについていてやれ」

「はい、二、三日はご迷惑をお掛けしますが、すぐに戻ります。プロジェクトも正念場ですし……。それに、私も家内も落ち着いてきましたから」

「……そうか。しかし、無理はするなよ、いいな」

落ち着いてきたってどういうこと？　亮太朗がこんなことになってしまったのに、そんなに簡単に気持ちの整理がつくはずがない。夫の物言いに無性に腹立たしくなったのだ。

「あなたはね、いつも仕事にかこつけて言い逃れをしようとする」

「仕事は仕事だろう」

「そう、仕事よね。それがなんなの、結局、プロジェクトチームから外されたんじゃない」

夫の顔色が一瞬、険しくなった。プロジェクトの内容は詳しく分からなくても、夫が懸命に取り組んでいたことは承知している。男のプライドを傷つけることを言ってしまったと後悔したが、すでに遅しだ。

「お前なあ……。いいか、亮があんなことになったのは、そもそも……」

夫は明らかにその後に続く言葉をぐっと呑《の》み込んだ。きっと、事故に遭わせた責任は私にあるんだと言いたかったのだろう。

「そもそも、何？」

「……もういいよ……」

夫は首を振った後、ひと呼吸間をおいた。

「なあ、オレたち、少し別々に暮らした方がいいんじゃないか」と言い、擦り合わせる指先に視線を落とした。

「このまま顔をつきあわせていても、詰まるところ、けんかばかりしてる。君は実家で世話になればいい。オレはここにしか居場所がないんだから」

夫がどこかに別の部屋を借りるというのは現実的ではない。東京に身を寄せられる身内もない。亮太朗と住んだこの部屋を出て暮らすのは忍びなかったが、反面、逃げ出したい気もあった。

「別に、ここに出入りするなと言ってるわけじゃない。来るのは自由だ。ま、オレは寝に戻るくらいしかないだろうけど。それでも、けんかになるよりはマシだろう。お互い、頭を冷やしてじっくり考えてみよう……」

母と言い合った勢いで出てきてしまったものの、ただ歩き回っていても仕方ない。

マンションに行ってみよう……かな。とはいえ、戻っても何もすることなどない。夫は意外にも掃除や片付けをマメにしているようだ。だから、私がすることといえば、息子の気配を探して、また泣くだけ……。

私は駅に向かうと、渋谷《しぶや》行き各駅停車の先頭車両に乗車した。

車内の座席は空《す》いていたが、私は運転席の見える場所に敢《あ》えて立った。息子は運転席の計器類や前方に延びる線路を見るのが好きだった。爪先《つまさき》立ってもその光景を見ることができず、下車するまでずっと抱っこしなければならなかった。

駅に到着して改札を出る。マンションに続く欅《けやき》並木を春風が静かに吹き抜ける。この道を亮太朗と手をつないで買い物に行ったっけ……。

三階建ての低層マンションが見えてきた。車寄せの両脇に、枝振りのいい桜の樹が並んでいる。元々、この土地にあった桜を伐採せず、マンションを建てたらしい。〝部屋からお花見ができます〟というのが売り文句のひとつだった。

ロックを解除し、エントランスに入ると清掃中の管理人がいた。軽く会釈を交わし、郵便ポストの配達物を確認した。

部屋は二階なので階段を使っても苦にならないが、いつものようにエレベータに乗り込んだ。

玄関ドアの鍵《かぎ》を開け、照明のスイッチを押さず、薄暗い中でスリッパを履いた。私のものは仕舞われることなく、いつもここに置いてある。なんとなく「おかえり」と言われているような気がした。

リビングには閉じられたカーテンの隙間から真っすぐな光が差し込んでいた。私にとっては時間の止まった部屋だ。

力なくソファに座ると、また想い出が甦《よみがえ》り、薄暗い部屋を幻が走る。

「ほら、またお腹が出てる。おへそ、取って食べちゃうぞお」

リビングのソファやテーブルの間を逃げ回る息子を追い掛け「捕まえた」と言うと「きゃははは」と声を上げて笑った。

「放してよお、ママ、きらい、きゃははは」

手足をばたつかせ抵抗する息子を「ああ、そんなこというと、こうしちゃうぞ」とくすぐった。仰《の》け反るように「うぎゃぎゃぎゃ、くすぐったーい」と身を捩《よじ》る。

「じゃあ、ママのこと好き?」

「好き、きゃはは」

「ホントに?」

「きゃはは、ホントにホント」

「じゃあ、許してあげようかな」

緩めた腕の中から逃げようとする息子を捕まえ直す。

「ちょっと待って」

開《はだ》けたパジャマからのぞく、ぷっくりと丸いお腹を撫《な》でてから、シャツの裾《すそ》をズボンの中に入れる。少し格好悪くても、その姿がなんとも可愛らしい。また思わず抱きしめる。さらさらとした髪の匂いにしあわせを感じた。

傍らで見ていた夫に「あと十年もしたら『メシ、金、ウザい』ってみっつの単語しか言わなくなるぞ。あんまりべったりしてるとさ、そんときになってショックが大きいからな」と、からかわれた。

「だから、今が大事なんじゃない。でもね、亮はそんなこと言わないもんねえ。ねえ、亮ちゃん」

「しーらなーい」

「ええ、そんなこと言ったら、ママ、チューしちゃうから」

息子の柔らかなほっぺに唇を押しつける。そんな至福のときがあったのだ。

たとえ、どんなに悪態をつかれたとしても、生きていてくれるだけでよかった。

目を伏せた瞬間に、幻はトントンと足音を残し、部屋の隅に消えた。

立ち上がり、カーテンを全開にする。窓を開け、重苦しい空気を入れ換えた。香るような四月の風がくるくると回りながら部屋の中に入り込む。

目の前には桜の樹があり、はらはらと花びらを散らし始めていた。生きていれば、この桜に見送られて、亮太朗は元気に登校したのだろう。そう思うと、また涙が溢《あふ》れる。

両肩を上下させ、鼻水を啜《すす》り上げ、そして長い息を吐いた。

「ママね、また泣いちゃった」

ダイニングテーブルに飾られた息子の写真へ振り向いた。すると、写真の前に大きな箱がふたつ置かれていた。

「ん、何かしら？」

両方とも宅配の伝票が貼られていて、ひとつの送り主欄には岡山の義父母の名前が書いてあり、もう一方は、新宿のデパートから夫自身が送ったものだと分かる。

覗《のぞ》いてはいけない物かと思いつつも、テープの剝《は》がされていた上蓋《うわぶた》を開いた。

「え……」

焦げ茶色のランドセルが入っていた。急ぎもうひとつの箱の中を覗く。こちらには黒いランドセルが入っていた。

あの子のために？　でも、なぜ？

と、玄関ドアの鍵が開く音がした。

「え、何？」

恐る恐る玄関を覗くと、私服姿の夫が立っていた。

「あ、なんだ、来てたのか」

驚くでもなく、淡々とした口調だ。

「今日ってお休みじゃないでしょう？」

「うん、ああ」

夫と顔を合わすのは、冬物のコートを取りにきたとき以来だから、ざっと五ヶ月振りになる。ほとんどの用事は、電話やメールで済ませてしまっていたからだ。

夫は廊下からリビングに入ると、車の鍵の付いたキーホルダーをチェストに置いた。

「打ち放しに行って、ついでに遅い朝飯を食ってきた」

優雅なご身分だこと……そんな厭味《いやみ》も頭を過《よぎ》ったが、訊《き》きたいこともあったので口に出すのをやめた。

「ねえ、これってどういうこと？」

私は段ボール箱を指差した。

「ああ、見たのか……。親父とお袋が送ってきたんだ。もうすぐ命日だろう、亮のために供えてほしいってさ。天国でも小学校へ通えるようにとか言ってたな。ばかばかしいけど、そう言われてみればそうだなって」

夫は微《かす》かに微笑んだ。

「でも、もうひとつ……」

「お袋たちが送ってくれるって分かってたら買わなかったけど……。ほら、三階の三〇二に、亮と同い年の女の子がいるだろう」

「麗奈《れいな》ちゃんね」

然程《さほど》親しくつきあっていたわけではないが、お互い子どもを連れ、何度かファミレスでお茶したことがある。

「あの子、私学の女子校に受かったみたいだな。セーラー服を着て、ランドセル背負ってる姿がかわいくてさ。男と女の違いはあるけど、亮もあんなふうになってたんだなって思ったら、無性にランドセルがほしくなったんだ。おかしいよな」

私が答えようとすると、夫は手のひらを私に向けて制した。

「いや、いいよ。また文句を言われるのはかなわないから」

「別に、私は何も……」

夫は窓際に移り「でも、理由はそれだけじゃないんだけどねえ」と、廂《ひさし》の向こうに広がる空を見上げた。

「ん？」

「また、仕事がんばってみようかなって思ってさ。しばらく、やる気も起きず、腐ってたからな。気持ちを整理するために休みを取ったんだ。ま、フル充電してビシッとするよ。ゴルフクラブも今日でしばらく封印だ。へたれなパパじゃカッコ悪いもんな」

夫は振り向いて息子の写真に目を向けた。そんな夫の顔を黙って見つめた。

「ああ、意味分からないよな。そっかあ、一応、話しておくか……。あのプロジェクトな、亮のことで同情されて外されたんじゃないんだ。ミスっちまったんだよ。それも単純な数字の見落とし。でも、それが会社にとっちゃ大きなことでさ」

慎重派の夫がそんなミスを犯すなんて……。

「やっぱり亮のことは応《こた》えた。デスクにいても会議中でも、ついつい亮のことがちらついてさ。ぼんやりしたりした。集中できないなんて情けなかったね」

「言ってくれればよかったのに……」見え透いた言葉だ。

「言ったら、慰めてくれたか。お前にそんな余裕なんてなかっただろう？　いや、すまない、そういう意味じゃない。ただ、そういうことがあったって話。やらかしたのはオレなんだし、仕事に言い訳は利かない。大体さ、亮にはいつも『あきらめるな』とか『男なら弱音を吐くな』とか、偉そうなこと言ってたのに、この体たらくじゃなあ……」

そう言えば、布団の上でプロレスごっこをしながら、そんなことをよく口走っていたっけ。

「オレも心機一転、一年坊主に戻った気になってがんばるんだ。だから、あのランドセルは戒めにするために買った。悲しくてもさ、生きている間は前に進まなくちゃいけないんだよ。何年先になるか分からないけど、向こうに行ったとき、亮に笑われたくないからなあ」

夫は口元を結んだ。

夫は私の知らないところでもがき苦しんでいたのだ。

「今年の桜も終わりだなあ」

少し強めの風が吹き始め、散らされた花びらが雪のように舞っている。

「ええ、そうね……」

「それでもさ、来年も再来年も、その次の年も、ずっとずっと、そのときがくれば咲くんだ。だから人は桜のことを忘れたりしない。亮のことも同じじゃないのかなって思うんだよ」

「え……」

「胸の中で浮かんでは消え、消えては浮かぶ。忘れられっこないさ。だったら、いいことを、亮の笑顔を、笑い声を、やさしさを、愛《いと》おしさを、そういうことを忘れないでおこうって思うんだ」

私は夫の横顔を見上げた。

「一緒に見ようと、別々の場所から見ようと、桜は桜だし、亮は亮さ。それに、結子……お前とオレはずっと母親と父親に変わりないんだから」

「あなた……」

「さあて、これからオレたちはどうなるんだろうなあ……」

苦笑いのような照れ笑いのような笑みを夫は浮かべた。その問い掛けに半歩歩み出た瞬間、開け放した窓から桜の花びらがひらひらと舞い込んできた。掬《すく》うように両手に受け止める。花びらは柔らかくあたたかかった。

かたくなな結び目

二枚あるA4サイズの問診票に記入を済ませ、受付カウンターに提出した。薄いピンクのナース服を着た若い受付係が内容を確認するように問診票を目で追う。と、その目が一瞬止まった。顔を上げた係に〝そうです〟という意味を込めて小さく頷《うなず》いた。

「はい、それではお名前をお呼びするまでそちらでお待ちください」

受付係は、事務的にそう言うと奥の待合室を案内した。

広々とした待合室には、肘掛《ひじか》けの付いたファブリック張りの椅子が並べられ、壁紙は薄い黄色で統一されているせいか、まるで日差しの当たる場所にいるようだ。天井の隅に下げられた小型スピーカーからはゆったりとした曲調のクラシックが流れている。すべては妊婦に安心感を与える演出なのかもしれない。

既に、七、八人、診察を待つ女性がいて、中にはおなかが大きく迫《せ》り出した妊婦の姿もある。少子化が問題になって久しいが、待合室の混み具合を見る限りでは、それが本当なのかと疑いたくなるくらいだ。

この産婦人科医院での受診は初めてだ。そもそも産院に来ること自体が初めてなのだ。風邪やインフルエンザなら自宅近くの内科で診療を受け、人間ドックや乳がんの検診は総合病院で受けてきた。だから、産婦人科専門の医院とは無縁だった。

生理不順の酷《ひど》い私は、その間隔はまちまちになりがちだったが、先週、腰に妙なだるさを覚え、加えて乳房が張っているような感覚があった。まさか……。

一昨日《おととい》、ドラッグストアで市販の妊娠検査薬を買い、すぐに試してみると陽性反応が出た。このタイミングで妊娠とは……。しばし呆然《ぼうぜん》とした。いや、もしかしたら何かの間違いかもしれない。ちゃんと診察を受けよう。

自宅近くにも評判のいい産婦人科の医院はある。でも、敢《あ》えて新宿にあるこの医院で受診することを選んだ。

この稲村《いなむら》産婦人科の先生は女性だ。確か五十代の半ばくらいだったのではないだろうか。時折、女性誌などに登場し、婦人病についてインタビューを受けていた。特に働く女性に理解を示すコメントが多かったと記憶している。そういう医師であれば、私の事情もきちんと汲《く》み取った対応をしてもらえるのではないかと考えた。

そう、私には事情があるのだ。


私は旧財閥系不動産会社の都市再開発チームに属している。大卒で入社し、十六年目の春を迎えた。

「前田《まえだ》、ちょっと」

十日程前、部長の阪脇《さかわき》に呼ばれ、会議室に入った。大きなガラス窓の向こう、青空の下に広がる丸の内《まるのうち》のビル群が見えた。

「調布《ちょうふ》のグラウンドにな、大型マンションを造ることが正式に決定した」

調布駅から徒歩十分程度の場所に、グループ企業の製鉄会社が所有する独身寮と、それに面したテニスコートが六面ある。周囲を桜の樹に囲まれた美しく、広々とした土地だ。

「組合もやっと福利厚生より、利益を追求することの方が大切だって分かったんだろう。テニスがしたけりゃ、もっと山ん中でやればいいんだしな」

阪脇は軽口を言って笑った。

ここ十年の間、ライバル会社も都内に所有していたグラウンドを整地し、その跡地に大型マンションを建て、順調に利益を上げていた。我が社も同様の計画を立てていたのだが、グループ各社の組合の反対もあって頓挫《とんざ》していたのだ。

「随分と後れをとった感は否めないが、これで巻き返しを図れそうだな。で、そこでだ。そのプロジェクトのサブリーダーを、君にやってもらいたい。どうだ、結構な抜擢《ばってき》だと思うが」

大概、リーダーやサブリーダーと名の付く役目は中堅どころの男性社員が務めてきた。それに不満がなかったと言えば嘘になる。特に、同期の下に付いたときは嫉妬《しっと》のようなものを感じた。

「君は、上ともよく衝突するが、ま、品川プロジェクトの働きが認められたってことだ、よかったな」

　前回、チームのひとりとして加わったマンションプロジェクトで、客の好評を得たのは私が提案し担当した水回り設備だった。とりわけ、主婦からの評判がよく、販売に繫《つな》がったというアンケート結果も出た。

「水回りだけじゃなく、全体的に、女性目線でいい企画を出してくれ」

　半信半疑ながらも、嬉《うれ》しさのあまり声を出せずにいた。これまでがむしゃらにやってきた努力が報われる思いがした。

「どうした、何か不都合でもあるのか。それともサブじゃ不服か」

　勿論《もちろん》、サブではなくリーダーを任せてもらえるなら、それに越したことはない。だが、まずはこのチャンスを活《い》かし、しっかりと成果を出してから次のステップに上がればいい。

「いいえ、いいえ、一生懸命がんばります」

「そうか、じゃあ、がんばれ。ただし、頑《かたく》なに突き進むなよ。ときには回り道をしてみろ。思い込み過ぎると、見えるものも見えなくなるもんだ。固く結んだ紐《ひも》は、いざ解こうとすると面倒だぞ」

　阪脇はそう言って小さく笑った。

　私は会議室を出た廊下で小さなガッツポーズを何度も繰り返した。

空いていた椅子に腰掛け、私はバッグから文庫本を取り出すと、栞《しおり》を挟んだページを開き、続きを読み始めた。だが、なかなか内容が頭に入らない。

「うんうん、分かるわあ」そんな声が背後から聞こえてきた。

何気なく振り返ると、茶髪の若い女が女性週刊誌を膝《ひざ》の上に広げていた。

下品な紫色のミニスカートから太腿《ふともも》を露《あらわ》にし、爪には、剝《は》げかかった金のラメが入ったマニキュア。大方、格安が売りのネイルサロンにでも通っているのだろう。これが、ヤンママということか。彼女の場合、それがヤングママなのか、ヤンキーママなのか。いや、その両方だ。どっちにしろ、苦手とするタイプだ。もっと率直に言えば嫌いなタイプだ。

私の気配に気づいたのか、彼女はひょいと顔を上げた。そして目が合ってしまった。

すると、どうしたことか、彼女はすっと席を立ってこちらに回り込み、私の隣の椅子に座り直すと「ねえ、この人ってそんなに悪いことしてなくない？」と、いきなり話し掛けてきた。

「え？」

予期せぬ問いに、私は口籠《くちごも》った。

「だから、これよ」

彼女が指差す週刊誌の記事に目を落とすと『鬼母に奪われた幼い命』というタイトル

が見えた。このところよく報道されている、母親が小さな我が子を殺《あや》めた事件のことだ。

「だってさ、こういう気持ちになることってあるもん」

誰かと話したい気分ではないので戸惑ったが、そんなことはお構いなしといったふうで、彼女はまた話し掛けてきた。

「子どもって言うこと聞かないじゃん。時々、アタマきちゃうよね。だから、分かる気がするんだよねえ、こういうの」

私は首を傾げたまま、まだ黙っていた。

「それにさあ、この人も子どもの頃に虐待されてたんでしょ。ちょっと可哀想じゃん」

容疑者の弁護士が会見しているテレビニュースを見たが、その母親も幼い頃、両親から殴る蹴《け》るの暴力を受けていたという。

親から虐待を受けた経験のある人間は、自分が親になると我が子を虐待してしまうらしい。不幸なことだが、そういう負の連鎖があると新聞の特集記事で読んだことがある。そもそも殺めてしまうくらいなら、無責任に産まなければよかったものを……。

「今朝だってさ、そんな持ち方してたら絶対こぼすからねって言ったのに、うちのチビったら『大丈夫』とか言っちゃって、案の定、コーンスープの入ったカップをカーペットの上にぶちまけちゃって。そういうのって後片付けが面倒じゃん。だから言ったじゃないって叱れば、大声で泣くし。『ごめんなさい、ごめんなさい』って謝るんだけど、だったら言われたときにちゃんとしろよって、余計アタマにきちゃうわけよ」

彼女は一気に捲《まく》し立てた。その声に、他の女性たちが一斉に顔を上げ、私たちの方を見た。

「ちょっと、声が大きいわよ」つい口を開いてしまった。

視線が私に注がれているようで慌てたのだ。

「他の人の迷惑になるから、声は抑えてね」

知り合いだと思われたくはないので、いかにも他人だというトーンで丁寧に窘《たしな》めた。

「ああ、ごめんごめん」

彼女は、少女のようにぺろりと舌を出すと両肩を上下させた。それでも口を閉じることはなかった。

「そりゃあ、ついカッとなって張り倒したくなることもあるっつーの」

「張り倒すって……」

「いや、うん、まあ、軽くだけどね」

きっと手加減などしないはずだ、と思った。

「ああ、でもそれって、この人みたいな虐待じゃないよ。躾《しつけ》だもの」

手をあげる親の常套句《じょうとうく》だ。

「だから平気、平気。大体さ、本人はけろっとしてるもん。それに、ママ友だって、みんな同じだって言ってるし」

類は友を呼ぶということなのだろう。

「お子さんは何歳なの？」

「三歳、女の子」

「小さい子のやることだから、少しくらい我慢してあげないと」

「我慢？　あれ、もしかしておばさん、まだ子どもいないとか？」

おばさんって……。初対面なのにその口の利き方はないだろうと少しばかりムッとした。きっとそれは表情に出たに違いないのだが……。

「ああ、そう、これからなんだね」

「それが何か」

関わり合いたいわけではなかったのに、いつの間にか会話が成立していた。

「じゃあさ、これから大変な目に遭うよ。覚悟しておいた方がいいかもね、おばさん」

一端《いっぱし》な先輩風を吹かせるような口振りに、またムッとする。だが、反面、少しばかり興味をそそられた。どうせここにいる間だけだ。暇つぶしに話の相手になってやってもいいだろう。それならば、まず正すことがある。私は文庫本を閉じた。

「あのね、さっきから、おばさん、おばさんって呼んでるけど、私はあなたの親戚《しんせき》でもなんでもないでしょ」

「そんなこと、当たり前じゃない。分かんないかなあ、そのおばさんじゃなくて、歳取ってるから、ただのおばさんっていう意味だし」

所謂《いわゆる》、アラフォーの年代だ。確実に、この女よりは年上だ。

「そうじゃなくて、おばさんって言うのやめてほしいの」声をひそめながらも強く否定した。

「じゃあ、なんて？」

「それは普通、名前とかでしょう」

「名前、なんて言うの？」

「あのね、人に名前を訊《き》くときは、まず自分から名乗るものなのよ」

「え、あたしの名前？　あたしは安岡桃子《やすおかももこ》」

なんの躊躇《ためら》いもなく、フルネームで答えた。こういう人は偽メールやスパムアプリにいとも簡単に引っ掛かるのだろう。

「で、そっちは？」

おばさんの次はそっち扱いだ。

名乗られてしまった手前もあり、私は「前田です」と苗字《みょうじ》だけ告げた。

「ねえ、安岡さん」

「ヤダ、安岡さんだって。そんな呼ばれ方したことないし」彼女は声を出して笑った。

「じゃあ、なんて呼ばれるの？」

「桃ちゃんとか、キララちゃんママとか」

「キララ？」

「娘の名前」

これも最近流行《はや》りのキラキラネームというものなのだろうが、よく思いついたものだと、厭味《いやみ》も含めて感心する。少なくとも私にはそういう名前をつける〝勇気〟はない。

「桃子さん、あなた、おいくつなの？」

「あたしの歳？」

私は頷《うなず》いた。

「二十二」

と、いうことは……三歳の娘がいて、その前に妊娠して出産したとなると……。

「高校生で妊娠したの？」

「ううん高校生じゃない。あたし、高校は中退。だって、勉強、全然、分かんなかったんだもん。学校なんかつまんなくって。だから、高一の二学期で辞めた」

今時、仮に高校生で出産したとしても、天地がひっくり返るほどの驚きはない。加えてそう説明されれば合点もいく。それに他人の人生だ、どんな道を選ぼうと構いはしない。ただ少なくとも私には、そういう選択肢はなかった。

「結婚はしてるのよね？」

「うん、してるしてる」

そんなこと当たり前じゃないといった顔をした。

「あたし、千葉の田舎の生まれなんだけど、高校中退してすぐ、家出同然で東京に出てきちゃった。中学の先輩がこっちで美容師の見習いしてたんで、しばらく転がり込んでたんだ。で、先輩の飲み会について行って克也《かつや》と出会って。ま、それで、なんとなくつきあって。でさ、できちゃったんだよね」

彼女はおなかを摩《さす》るような仕草をした後、軽く舌打ちをした。

「もう、勘弁してよって感じ。だって十八だよ、高校行ってたら高三だよ。それで子持ちになるなんてさ、考えられないし」

予期せぬことが人生には起こるものだ。私もそういうことをたくさん経験した。

「そしたらさ、克也が産めって言うんだよね。ちゃんと結婚するとか言い出しちゃってさ。だけど結婚とか言ってもさ、そんとき無職だよ、あいつ。つーか、バイトみたいなのはやってたみたいだけど。そんなんで育てられる、ううん、暮らせるはずがないし。冗談じゃないって怒ったんだよね。そしたらちゃんと働くしとか言っちゃって」

聞いていて、麻痺《まひ》してくる。

「克也んち、カイタイヤでさ」

「ん、何？」

「解体屋、古くなった家とか壊すやつ」

「ああ」と私は頷いた。

「で、長男だし、父親の跡を継ぐってことになってさ。今、克也の実家に住んでんだけど、克也のじいちゃんと両親に克也の弟、それにあたしとキララ」

私は大家族の中で暮らした経験はない。

「あら、家族がたくさんいて賑《にぎ》やかでいいわね」

「賑やか？　騒がしくて狭っ苦しいだけだよ、そんなの。あたしと克也とキララは、克也の六畳の部屋で寝てるんだけど、物がいっぱいあって息が詰まっちゃうよね。稼ぎがあれば、別にアパートでも借りたいんだけどさ。解体屋の仕事も不安定だし。それにさあ、遊びたいじゃん。でもさ、それにはやっぱりお金要るし。まあ、レジ打ちとかバイトして稼ごうって思っても、子どもがいたらできないじゃん。保育所だって空きがないし。ほら、待機児童状態ってやつ」

　よくニュースで報道されている問題だ。

「大体さ、世の中って、あたしたちママに優しくないよねえ。すぐ邪魔だとか言われるし」

　それは見掛けの問題だろう。ハイヒールにミニスカートを穿《は》き、ベビーカーを押している集団を目にすることがあるが、私にはとてもできない芸当だ。

　そんな格好をしていれば、たとえ、本当はしっかり者の母親だったとしても、世間からはどうしようもない親に見られても仕方がない。人は見掛けによらないとは言うものの、大概の人は見掛けで判断するものなのだ。

「なのにさ、ふたり目だよ。まいっちゃうよね」

　経済的な問題は大きいだろう。

「ねえ、おば……じゃなかった、前田さんって、あたしなんかと違って、いい生活してんだろうなあ。着てるもんとか違うもん。なんかセレブって感じ」

彼女は私を値踏みでもするように上から下へと視線を這《は》わせた。

残念ながら私は、セレブでも富裕層でもない。

「別に、そんなんじゃないけど……」

「旦那《だんな》とか、金持ちなの？」

「え、ああ、普通のサラリーマンだけど。あ、それに私も一応、働いてるから」

咄嗟《とっさ》に嘘をついた。私に夫はいない。


おなかの子の父親は三上《みかみ》という男だ。その昔、大学時代に恋人同士だった仲……と言ってもよいものなのか、少しばかり迷うが……。

お互い就職氷河期に呑《の》み込まれた世代で、三年生が終わる頃から就職活動に苦戦を強いられ、とても恋愛どころではなくなってしまった。

幸いにして、ふたりとも就職先が決まり、彼は製薬会社に入社した。その後間もなく、ふたりの関係はなんとなく自然消滅した。

二年前、帰宅する地下鉄のホームで「小夜子《さよこ》」と呼び止められた。人込みの中に立ち、笑いかけてくる男がいた。少しばかり恰幅《かっぷく》がよくなったようではあったが、スーツ姿のその男が三上であることはすぐに分かった。

「ひ、久しぶりね。元気だった？」

「元気は元気だけどな。オレ、去年、離婚してさ」

結婚をしたらしいと風の便りに聞いてはいたが、バツイチになったことは知らなかった。

「再会して、いきなり離婚の報告なの？」

少々バツの悪い顔をしながら、三上は小さく鼻を鳴らして笑った。

三上は三十歳で社内結婚をし、翌年に男の子をひとりもうけたようだ。

「で、小夜子は？」

私は左手の甲を三上に向けて「お陰さまで未婚。だから無傷だわ」と返した。

「そうか、でも、なんとなく分かるような気がする」

「何が？」

「小夜子が独身のままってことが」

「魅力のない女だって言いたいわけ？」

「いや、そうじゃない。なんか、つきあうってことに淡白っていうかさ。あんまり男に期待してないっていうか。もっとも、それはオレに対してだけだったかもしれないけど」

これまでに結婚を意識した相手がいなかったわけではない。結婚後の生活を想像することもあった。でも結婚に至らなかったのは、三上が言うように熱が足りなかったのかもしれない。それを相手が感じ取ったからなのだろう。ただ、それは男に対してではなく、結婚そのものに期待感というものが薄かったのだ。

「ま、今度、ゆっくり飲もうや」

その場でメルアドの交換をし、改めて飲む約束をした。

それから、三上と再びつきあうようになるまで、そう時間はかからなかった。世間では焼け木杭《ぼっくい》に火が点《つ》いたとでもいうのだろうか。

お互い忙しい身なので、頻繁に会うことはできない。ただ、そのリズムはふたりにとって都合がよかった。

「離婚は体力がいるぞ」

「親権争いとか」

「いや、それは最初からあっちに譲った」

「どうして？」

「オレは普段から帰りは遅いし、土日も出張が多くてさ。遊び相手になってやれなかった。ま、それでもいいかなって別れた女房に任せっきりだった。オレにはきっと、父性ってやつが欠如してるみたいだ。子どものことがあんまり気にならなかったんだよな。ま、そんなだから、息子もオレに懐かなかったふうだった。血が繋《つな》がってんのに、なんかよそよそしいっていうかさ」

いつだったか、寝物語に三上はそんなことを呟《つぶや》きながら天井を見ていたことがある。

「だとしても、たまには会ってあげて、お小遣いくらい渡しなさいよ。さもないと……」

言い掛けてやめた。一生恨まれるわよ、という言葉は呑み込んだ。

そんな三上に、妊娠したかもしれないと告げたら、なんと言うだろうか。シッポを巻いて逃げ出すだろうか。もっとも、知らせるつもりはないのだが……。

「ねえ、前田さん、どうかした？」

三上とのことを思い出して、私は黙りこくっていた。

「ううん、ちょっとね」

「でさ、あたし……。今度は産むのやめようと思うんだよね」

「え？」

「だってさあ、ひとりでもヒーヒー言ってんだよ。それがふたりだなんて。もう絶対に無理。つーか、ありえない」

彼女は唇を尖《とが》らせながら何度も首を振った。そして辺りを見回すと、私の耳元に顔を近づけ「だから、堕《お》ろしちゃおうかなって思うんだよね」と囁《ささや》いた。

深刻な話のはずなのに、彼女はどこか屈託のない笑顔だった。

「ここの先生、結構口煩《くちうるさ》いって話だから、ちょっと気が重いんだけど、でも、友達の話だと腕はいいって聞いたから」

てっきり彼女のかかりつけの医院だと思っていたのだが、的が外れた。

「だってさ、堕ろすつもりなのに、キララを産んだ近所の病院じゃマズいじゃん。だから板橋《いたばし》からわざわざ出て来たんだよね」

確かに、彼女のようなタイプが選ぶ産院ではない。ただ、そう見下してはいるが、今の私は彼女と同類なのではないか。子どもとキャリアを天秤《てんびん》に掛けているのだから。

「旦那さんには相談したの？」

「ううん、してない。つーか、まだ誰にも話してないし。それにうちのは気づかないよ、あいつ鈍感だから」と彼女は笑った。

男というものはそうなのかもしれない。

「あ、でも、旦那さんのお母さんには頼めないの？　手伝ってくれるでしょ」

彼女の姑《しゅうとめ》なら、四十代、五十代のはずだ。それにひとつ屋根の下に暮らしているとなれば、手を貸してくれるだろう。

「ああ、あの人はアテにならない」と彼女は大袈裟《おおげさ》に手を振った。

「昼間は近所の揚げ物屋でパートやってるから、面倒見てくれないんだよ」

彼女は細く描いた眉《まゆ》をぴくりと上下させた。きっと、良好な関係ではないのだろうと察した。

「じゃあ、あなたのご両親はどうなの？」

「あたし、勘当されちゃってるようなもんだし。母親とはたまに連絡も取ってるけど、父親とは、家を出てから電話で話したこともないし。ま、どうでもいいんだけど……」

改めて訊《き》くまでもなく、想像はつく話だ。

「前田さんの親とか、一生懸命子育て手伝ってくれそうだものね。ほら、デパートとか一緒に行って、可愛いベビー服とか選んでくれて、いや、買ってくれたりするんだろうなあ。ああ、そういうのっていいよねえ、羨《うらや》ましい」

彼女のそんな暢気《のんき》な言い方に、急に腹が立った。

「勝手に決めつけないでよ……」

思わず、膝《ひざ》の上に置いた手を握った。

私が小一のとき、両親は離婚した。

今や記憶は朧《おぼろ》げなものになってしまったが……いや、曖昧《あいまい》なものになったのは忘れてしまいたいと心のどこかで願っているせいだと思う。

離婚の原因は、父の浮気のせいだとか、ギャンブルで借金をこさえたせいだとか、母から一方的に悪い話を聞かされている。

あれは春近い頃だったか、父が突然「小夜子、遊園地に行こう」と言い出した。そう誘われて嫌なはずもなく、私は素直に喜んだ。

自宅から程近い浜名湖《はまなこ》の湖畔に遊園地がある。休日になると、家族連れやカップルでそれなりに賑《にぎ》わうのだ。

ところがその日、親子三人揃って出掛けるものだと思い込んでいたのだが、母は一緒ではなかった。

家であまり喋《しゃべ》らない印象があった父だが、あの日だけは私によく話し掛けた。

「アイスクリーム食べる？」

「おなか空《す》いてないか？」

「次は何に乗る？」

そう問い掛けながら、細面の父が見せる笑顔に、子どもながらどこか不自然さを感じた。

遊園地の帰りに舘山寺《かんざんじ》温泉街にある旅館に立ち寄った。確か七階か八階建ての建物で、最上階に大浴場があり、内湯から露天風呂《ぶろ》へ出られた。湯に浸《つ》かると、夕闇迫る湖畔の対岸に、さっきまで遊んでいた遊園地の観覧車が小さく見えた。

「小夜子とお風呂に入るのって久しぶりだな」

いつも帰宅が遅い父とは、あまり一緒にお風呂に入ったことがなかったので、私はちょっぴり嬉《うれ》しくなり、父の背中を流してあげた。だが、それが父との最後の想い出となった。

翌日、そしてその翌日も父の姿は家になかった。

「ねえ、お父さんは出張？」と、尋ねる私に「お父さんはもう、この家には帰って来ないの」と淡々とした口調で母は告げた。

ふたりが言い争うところに居合わせてしまうこともあったが、離婚に至るなど考えもつかなかったのだ。夫婦には……いや両親にはままならない事情というものがあったのだろう。今となっては、それは理解できる。でも、別れの言葉もなく姿を消されたショックは大きい。

父がいなくなって一ヶ月も経たないうち、母の実家がある藤枝《ふじえだ》市に引っ越した。それは辛《つら》いものだった。仲のよかった友達と離れ離れになるということもあったが、三人で住んだ家に留《とど》まっていれば、いつか父が戻って来て、親子三人の生活を取り戻せるような気がしていたのだ。引っ越しは、単なる住処《すみか》の移動ではなく、そんな淡い期待も砕いてしまった。

もっとも、それから父は一度も姿を見せることはなく、いや電話のひとつもよこさなかった。次第に父を恨む気持ちも生まれた。同時に、親は子どもを悲しませるものなのだ……そういう思いが私の心に深い傷跡として刻まれた。

母は市役所近くのスナックで働き始めた。母の同級生が経営している店だった。

「昼間の仕事を見つける間だけ、手伝うことになったから。ちゃんと留守番しておくのよ」

とりあえず食べていくためには仕方のない選択だったと、今では思えるが、夜、ひとりぼっちで留守番をするアパートの部屋は、ただただ寂しい空間でしかなかった。眠気を堪《こら》えながら、母が鉄の階段を上ってくる足音を待ったものだ。ただ、大概は待ちくたびれて、部屋の隅で寝入ってしまった。

酒を飲ませる店なので、勧められれば口にしたのだろう。母の身体からはいつも酒の匂いがした。酷《ひど》いときには、泥酔した母を見知らぬ中年男が送ってくるようにもなった。そしていつしか、朝になっても寝床から出てくることがなくなった。

私は何も食べずに登校し、給食まで空腹を我慢する日もあった。授業中、おなかが鳴って恥ずかしい思いをした。その音は隣に座る男の子の耳に届き「お前、また腹鳴らしてる」と笑われ、顔から火が出るくらいの恥ずかしさを味わった。だから、ときとして体調不良を訴え、保健室に逃げ込むこともあった。

やがて、母はすべてのことが面倒になってしまった様子で、食事だけではなく掃除や洗濯にも手をつけることがなくなり、私が片付けをしなければ部屋は散らかり放題、汚れた洗濯物は洗濯機の中で一週間ほど、放置されることも珍しくなかった。

給食当番のエプロンにアイロン掛けをしてもらえず、皺《しわ》くちゃのまま持って行き、目《め》敏《ざと》いクラスメイトにそれを指摘され、ばかにされたこともある。

ある日、その荒れた生活振りを祖母に知られることになった。

「人伝《ひとづて》に聞いて、まさかと思って飛んできたけど……。なんなの、このだらしなさは。しっかりしなさい」

祖母にそう窘《たしな》められても、母はどこ吹く風といった具合で、ときにはへらへらと薄笑いを浮かべたり、ときには泣きじゃくって言い返したりしていた。

「こんなことじゃ小夜子がだめになる」

半年後、見兼ねた祖父母が私を引き取ることになった。母は親にさえ見捨てられたのだ。だが、それも当然だと思った。

中学生になって、第二反抗期の頃になると、母に嫌悪感を覚えるようになっていった。

「そんなことだから、お父さんに捨てられるんだ」「お父さんに離婚の原因があったって言ってるけど、ホントはお母さんの方にあったんじゃないの」「アル中、飲んだくれ」「絶対、あんたみたいなクズ人間にはならないから」

たまに顔を合わせると母にきつい物言いをした。女は同性に厳しい。母子《おやこ》となれば、その目は一層厳しいものになる。

親代わりになってもらった祖父母の手前もあったが、私は勉強に手を抜かなかった。その結果、東京の大学へ進むことができた。母親と暮らしていたら、叶《かな》わなかったことだろう。

私が三十歳のとき、祖父が他界し、葬儀に参列するために帰省した折、七年振りに母と顔を合わせた。母は顔色が悪く、そして痩《や》せていた。

「どっか、具合が悪いんじゃないの」

「どうだっていいでしょ。放っといて」

「そうね。何があってもお母さんは自業自得だものね」

母は「小夜子、お前、いくつになったの」と苦々しい表情で尋ねてきた。

「三十だけど」

「ふーん、そんな歳にもなって、嫁にも行かずだなんて」

「私はお母さんと違って、全うな仕事をして全うな暮らしをしてるの。そりゃあ、結婚はまだだけど、今時は三十過ぎても独身なんて別に珍しいことじゃないし。それに仕事にやり甲斐《がい》を感じてるのよ。お母さんみたいに飲んだくれてるわけじゃないの」

「何が仕事よ、やり甲斐よ。聞いて呆《あき》れる。どうせ、大した仕事を任されてるわけでもあるまいし」

「お母さんに何が分かるって言うのよ」

私は気色ばんで言い返した。

確かに、その時期は思うような実績を上げられずに焦っていた。そのことを見抜かれたようで苛立《いらだ》ちを覚えたのだ。

「分かるよ、お前の母親だからね。東京のちゃらちゃらした生活が楽しくって、結婚して、旦那《だんな》や子どもの世話をしたくないから、そんなこと言って誤魔化してるんだ。小夜子、あんたには無責任な父親と、こんなあたしの血が流れてるんだよ。ああ、そうだよ、偉そうに言ってるけど、つまりは自分の欲に負けてるだけだ。結局、自分のことしか考えていない。あたしが酒に溺《おぼ》れてるのと一緒なんだよ」

「冗談じゃない。いずれ、ちゃんとしあわせな家庭を築くし、子どもにだって悲しい思いをさせたりしない。お母さんみたいになんか、絶対にならないから」

「ふん、どうだか。世の中、そんなに思い通りにはいかないよ。ま、お手並み拝見だね」

最後に母は鼻で笑った。


「ねえ、大丈夫？」

彼女が私の目の前に近づけた手を振った。

「さっきから、時々、イッちゃってるよね」

頭の中に、いつぞやの母とのやり取りが鮮明に甦《よみがえ》ったせいだ。いや、それだけではない。消してしまいたいと願っていた、両親との記憶が濁流のように胸に溢《あふ》れてきたのだ。

父のように逃げたりはしないし、母のようにだらしない女にはなるまいと強く肝に銘じて生きてきたつもりだった。

なのに、あれだけ罵《ののし》った母と何が違うというのだろう。無責任な父とどこが違うというのだろう。結局、母に言われたように、自分のことしか考えていないのではないか。

その証拠に、仕事に託《かこつ》けて安易に子どもをあきらめようとしたではないか。

母のひと言に囚《とら》われまいとして、否定すればするほど、もがけばもがくほど、無意識のうちに怯《おび》え、私の心と身体はがんじがらめになってしまっていたのかもしれない。自分のことは自分がいちばん分かっていると信じていたのに……。私は何度も頭《かぶり》を振った。

「ねえ、ホントに大丈夫？」

「ああ、なんでもないの。大丈夫よ。それより」

私は一旦《いったん》言葉を区切ると「ありがとうね」と礼を言った。

「はあ、何が？　突然、意味分かんないし」

彼女はきょとんとした顔をした。

「ううん、色々と思い出させてくれて、助かったわ」

「うん、まあ、どうでもいいけど、役に立ったんならそれでいいけどさ」

彼女はまったく腑《ふ》に落ちないという表情ながらも、軽く頷《うなず》いてみせた。

私は手にした文庫本をバッグに仕舞うと腰を上げた。

「トイレ？　トイレは向こうだよ」

彼女が指を差した。

「違うの、帰るのよ」

「うっそ。だってまだ診てもらってないじゃん」

「いいの。少なくとも今日はいいの」

「何、それ？」

どうすることが最善の選択なのか分からない。もしかすると、一生見つけられないのかもしれない。それにどんな道を選んでも、きっと悔いは残るはずだ。それでも今は、冷静になって自分自身をしっかり見つめ直そう。少ないかもしれないが、まだ時間は残されているのだから……。

心の奥底から噴き出す濁流の音が、ほんの少し静かになったような気がした。

仮面パパ

――はい、石川《いしかわ》です。

企画営業部の先輩である篠田《しのだ》からの電話だ。

――今、受付から連絡があって、お前宛《あて》に荷物が届いてるらしいぞ。

――なんで受付に？

配達物は通常、各部署に直接届くようになっている。

――じゃあ、上に上げてもらうように連絡しますよ。

――いや、それはちょっと、どうかなあ？　ナマモノらしいし。

篠田はどこか笑いを堪《こら》えるような感じだ。

――なんすか、薄気味悪い笑い方して。

――まあ、行ってみれば分かるさ。でも、受付からの連絡、偶然にもオレが取ってよかったな。他の者が取ってたら……。ま、感謝しろよ。それにしても何があったか知らんが、ホント、お前もご苦労なことだ。じゃあな。

もう一度、気色の悪い笑い方をして篠田は一方的に電話を切った。ふと腕時計を見ると、午後四時を回っていた。

何か荷物が届くというような予定はない。あるとすれば、取引先が何かを送ってきたか、あるいは印刷会社からチラシが届いたかくらいのものだろう。いや、ナマモノって言ってたよな。だとすると、そんなものを会社に送ってくる相手など皆目見当がつかない。

「ちょっとすまん、受付まで荷物を取りに行ってくるわ」

と、言い残し、後輩との打ち合わせを中座して会議室を出た。

オレが勤める〝ウイニングラン〟は、スポーツ用品の総合メーカーだ。所属は企画営業部。入社して今年で十三年になる。

「それにしても、ナマモノって……。まあ、いつもの先輩のブラフか」

篠田は大学のサークルの二年先輩でもある。テニスサークル……とはいっても、その実態は、所謂《いわゆる》〝呑《の》みサー〟と呼ばれる、つまり何かにつけてみんなで集まり、酒を呑むというユルいサークルだった。篠田は先輩後輩という間柄であっても、気の置けない友達、いや、兄貴のような存在であり、家族ぐるみのつきあいをしている。

この会社に入ったのも、篠田が道筋をつけてくれたからだ。

「お前、うちの会社はどうだ？　ま、一応、ノルマもあるが、社内の雰囲気はユルーい感じだぞ。なんなら、オレのコネ、使ってやるけど」

ちゃらんぽらんな就職活動をしていたオレにとって、その誘いはありがたいものだった。

篠田は、普段から、良く言えば茶目っ気のある少年、悪く言えばいい歳をした大人のくせに下らないイタズラが好きという面がある。時には、そのしつこさに辟易《へきえき》することもある。今回のことも、その癖が出たのかもしれない。そうか、もったいぶった言い方をして、オレを不安にさせようという魂胆なんだな。

「やれやれ」

オレは、首を捻《ひね》りながら、シースルーのエレベータに乗り込んだ。眼下には新緑に溢《あふ》れた公園が見える。昨年、うちの会社はお茶《ちゃ》の水《みず》の古いビルから、この真新しいビルに移転してきた。

一階ロビーに降り立ち、真っすぐ受付に向かった。受付と言っても、ひと昔前のようにカウンター内に座っているのは若い女性ではなく、濃紺の制服を着たガタイのいい警備員だ。

「企画営業の石川ですけど」

そう告げると、彼は戸惑ったような安堵《あんど》したような、どっちともつかない表情になった。

「ん、いや、何か荷物が届いてるって連絡を……」

と、言い終える前に「パパっ」という声がロビーいっぱいに響き渡った。聞き覚えのある声だが、まさかな……。そう思いながら振り向くと「パパっ」と走り寄って来る、三歳の我が娘、美空《みそら》の姿が目に飛び込んできた。

「はあ?」思わず、口をあんぐりと開けてしまった。

「パパっ」娘はオレの太腿《ふともも》に抱きついた。

状況の呑み込めないオレは、その場に片膝《かたひざ》をつくようにしゃがみ込むと「みーちゃん、よく来たなあ」と、まるで久々の再会を喜ぶように頭を撫《な》でた。

「石川さん」

野太い声のする方を見上げると、別の警備員が立っていて「石川鮎子《あゆこ》さんは、奥様でいらっしゃいますか」と尋ねてきた。

「ええ、はい、うちの妻ですが……」

「で、こちらはお嬢さん？」

「はい、そうですが」

「じゃあ、本当だったんですね……。いや、泡を食ってしまいましたよ」

何が言いたいんだとばかりに、オレは少し眉間《みけん》に皺《しわ》を寄せた。

「先程、奥様が突然いらして『この子を企画営業部の石川に渡してください』と言うと、凄《すご》い勢いで出て行ってしまったんですよ。後を追ったんですが、玄関を出た所で見失ってしまいました」

「あ、ああ……それはすみませんでした」

「でも、よかったね、パパが来てくれて」

彼は娘ににこやかに笑いかけ、娘が「うん」と笑い返すと「では、後はよろしくお願いします」と、玄関口の定位置に戻った。

オレはロビーの一角に置かれた長椅子に娘を連れて行って座らせた。

と、娘が水色のカーディガンのポケットから折り畳まれた紙を取り出して「はい、これ」とオレに手渡す。

紙を広げると、そこには『もうムリ』と、太いマジックでそう書かれていた。筆跡は妻、鮎子のものに間違いない。なんなんだよ、どういうこと？

「みーちゃん、ママ、どこに行ったの？」

「しらない。ママはちょっといえですするから、パパとおるすばんしててねっていってた」

「はあ、家出？　なんだ、それ……」

「パパ、のど、かわいたあ、ねえ、ジュースのみたい」

呆然《ぼうぜん》としたオレのシャツの袖《そで》を、娘が引っ張る。

「ちょ、ちょっと待っててな。パパ、頭がこんがらがっちゃってるから、少し整理するから、ちょーっと、おとなしくしててな」

オレは娘の顔を見ずに言った。だが、娘はこちらの状態などおかまいなしで「やーだ、のど、かわいたあ、ジュースのみたい」と、声のボリュームを上げ、地団駄を踏む。ついには「ジュース、ジュース」と連呼し始めた。

ロビーには来客者の姿もある。ひとまず状況整理は後回しにして、娘の口を塞《ふさ》ぐために自販機でジュースを買うことにした。

四角い紙容器のオレンジジュースを買い与え、長椅子に戻る。娘はストローに口を付けると勢いよく音を立てて飲んだ。

ふと、娘の背負うピンクのリュックに目を向けると、何やら貼ってある。

「はあ、宅配便の伝票じゃねえか」

お届け先……パパ、送り主……ママ、とだけ記入してある。ふざけやがって、鮎子のやつ。大体、美空は荷物なんかじゃねえだろう。酷《ひど》いことをする、と憤慨した。

オレはスマートフォンを取り出すと、鮎子に電話を掛けた。ところが、呼び出し音は聞こえてくるものの、一向に出る様子がない。

くそ、無視かよ。まいったなあ。おい、これからどうする？　打ち合わせも途中だし、このまま帰宅するわけにもいかない。かといって、ここにひとり残しておくこともできないし……。

「ああ……」深く重い溜息《ためいき》が出た。

もう仕方ない、こうなったら部に戻って、自分のデスクに座らせておくしかないか。適当にもっともらしい言い訳を考えればいいだろう。それでもみんなに何か言われたら、今日のところは早退すればいい。オレは腹を括《くく》って、娘を連れて部署に戻ることにした。

娘の手を引いて部に戻ると、待ち構えていたように篠田が視線を送ってきた。何やらにやにやと嬉《うれ》しそうだ。他の同僚も気づいたようで、部内がざわつく。だが、まずは、部長に説明だ。

「あのう、部長、すみません」といきなり頭を下げる。

部長は娘に気づいたが、すぐには言葉が出ない様子だった。

「すみません、いや、その、妻の父がちょっと倒れまして……」

あれやこれやと言い訳を考えてみたのだが、咄嗟《とっさ》に出た嘘は自分でも驚くほどありきたりなものだった。脇や背中に汗が流れるのを感じながら、事情を説明する。勿論《もちろん》、その大半は嘘だ。

「そりゃあ、大変だなあ。ま、そういうこともあるさ。他の者の仕事に差し支《つか》えがないようにすれば、今日のところはここに居させてあげればいい。えーと、この子の名前は確か……美空ちゃんだったな。写真通りの可愛い子だなあ」

半分は叱責《しっせき》されることも覚悟していたが、思いの外すんなりと嘘が通ってしまった。去年、部長には初孫が誕生したので、小さな子に対して寛容になっていることもあるのだろう。

自分のデスクの椅子に娘を座らせると〝事情〟を聞きつけた同僚たちが集まってきた。部長の方へ目を向けたが、咎《とが》める様子もない。

「さすが、イクメンパパ。いざっていうときに、奥さんも安心よねえ」と、女性の同僚が言うと、他の者たちまで「石川さん、いいパパだものねえ」などと、オレを褒め始めた。

実は先月、月刊誌『子育て倶楽部《くらぶ》』の〝素敵なイクメンたち〟という特集に、オレのインタビュー記事が載ったのだ。娘とのツーショット写真も一緒に。芸能人やスポーツ選手に交じり、一般企業に勤める父親が数人紹介された。扱いは小さなものだったが、部内の反響は意外に大きかったので面食らった。何せ、実際のオレはイクメンには程遠い存在だったからだ。そんなオレを雑誌に載せた張本人は篠田だった。

「お前さ、ひとつ頼みがあるんだけど」

「なんすか。イヤな予感がするなあ」

「まあ、そう言うなって。実はな、オレの知り合いに育児雑誌の編集やってるやつがいて、インタビューに出てもらうはずだった人間がドタキャンになっちゃってな。代わりに誰かいないかって訊《き》かれてさ。で、お前を推薦しておいた」

「え、それって、ほぼ決めたってことじゃないっすか。大体、篠さん、自分が出ればいいじゃないっすか」

「小さい子のいる父親を探してるんでな。オレんとこは、もう小二だし」

「だけど、篠さん、知ってるでしょ。オレがそういうタイプじゃないってこと」

「ああ、知ってるよ。でも、別にいいんじゃないの。『子育て毎日がんばってます』とか適当に答えておけばさ。それにうちの会社の名前も出るし、イメージもいいだろう？部長にも話を通しておいたから。な、そういうことで頼むわ」

陥れられた感もあったが、特集の内容は別として、正直なところ、雑誌に載ることには満更でもない気持ちがあった。人生にそうそうあることではない。

早速、会社帰りに書店に立ち寄り、似たような記事の載った雑誌を買い込み、素敵なイクメンとはどういうものかと学習して取材に臨んだのだ。

雑誌が発売されるとたちまち部内で評判になり、イクメンパパとしてのオレの評価はうなぎ上りといった感じだった。特に女性社員からのウケがよかった。

「石川さん、見直したわ。寝かしつけながら絵本を読んであげたりしているのね」

「それに、食事の後片付けとか掃除なんかもするんでしょう。うちの旦那《だんな》にも見習ってほしいわ」

全部嘘なので後ろめたさはあったものの、なぜか、そう褒められると気分がよかった。

「まあまあ、そう大したことじゃないけどね。ま、フッーだよ、フッー」などと返しながらも、浮かれ気分になっていた感は否めない。今回のことは、そんなオレへの天罰なんだろうか。人知れず肩を落とした。

「石川さん、打ち合わせ、まだ途中なんじゃないですか?」

同じグループの加藤友里《かとうゆり》から声を掛けられて我に返った。

「そうなんだけどさ」

「よかったら、私が美空ちゃんの相手をしてますよ」

「そうしてもらえると助かるよ。加藤さん、悪いね。みーちゃん、パパはちょっとお仕事してくるから、このお姉さんと一緒にいてくれる？」

娘は人見知りはしない、いや、むしろ人懐っこい。案の定、にこにこして「うん」と答えた。

「みーちゃんはいい子だなあ」オレはありったけの笑顔を作って娘の頰を撫《な》でた。そんなことがあると、託児所のある企業というのは便利だろうなと思った。そんなことなど露ほども考えたことはなかったが。

会議室に入ろうとすると、入り口で篠田に止められた。

「石川、どういうこと？」

「どうもこうもないっすよ」

オレは分かっている状況をかいつまんで篠田に説明した。

「ほー、鮎ちゃん、やるねえ」

「何、感心してるんすか。ま、とにかく、そういうことなんで」

鼻を鳴らして笑う篠田に少しムッとしながら会議室に入った。

それから一時間程してデスクに戻ると、娘は加藤と遊んでいた。退屈せずにおとなしくしていたようでほっとする。

「パパ、おねーちゃんに、ツルおしえてもらった」

見ると、机の上に折り紙の鶴が並んでいた。会社のメモ用紙を使って折ったようだ。

「折り紙、パパとするんだよねって訊いたら『しないよ』って言うんで、あれって思ったんですけど……」

つい調子に乗って、インタビューでそんな思いつきを語ってしまったのだ。

「いやいや、みーちゃん、パパと折り紙するだろう。あ、そうか、鶴は難しいから、まだ折ったことなかったな、ははは。あ、加藤さん、ありがとう。もう後はオレが相手するから」

しどろもどろになりながら、半ば追い払うように加藤に礼を言った。危なっ。化けの皮が剝《は》がれでもしたら、オレの評判はガタ落ちだからな……。

それにしても、鮎子はどこに行ったんだ？　もう一度掛けてみるか。スマホを手にし、妻へコールしたが今度も繫《つな》がらない。

なんだよ、まったく。だいいち、家出って本当なのか、と、ぶつぶつ独り言を言っていると「石川、帰りに一杯やっていかねえか」と、篠田に声を掛けられた。

「そんな状態じゃないことくらい分かるでしょ」

「いいじゃねえか。それによ、晩飯のこともあるだろ？　帰ってもみーちゃんに食わせるものがあるかどうか分からないんだろうし」

「それにしても飲み屋には……」

「なーに、オレに強引に連れて行かれたってことにすればいいだろう。そういう言い訳、お前、得意だしな」

篠田は小声で周囲を気遣いながら、最後は片目を瞑《つぶ》ってみせた。

「いちいち、人聞き悪いこと言うなあ」

そして、多少ヤケクソ気味に「まあ、じゃあ、そういうことにしましょうか」と答えた。

「定時になったら出るぞ。いつもより早いが今日のところは文句も出まい。用意しておけよ」

篠田はオレの肩を二、三度、軽く叩《たた》いた。

・

このところ行きつけとなった縄暖簾《なわのれん》を潜《くぐ》る。

時間が早いせいもあって、客はまだ疎《まば》らだ。

「座敷、空いてる?」篠田が常連気取りで尋ね、店の奥へと進む。

オレは娘の靴を脱がして、衝立《ついたて》で囲まれた座敷席に三人で陣取った。

「畳の方が、みーちゃんも落ち着くだろうし。ま、何かと話もし易いしな。さて、とりあえず生ふたつと、みーちゃんはジュースかな?」

「うん、ジュースがいい」

「あ、そうだ、石川。みーちゃんはアレルギーとかないのか?」

「アレルギー? いや、たぶん、なかったと思うけど」

「たぶんって、お前……。自分の娘のことだぞ、そんなことも知らないで大丈夫なのか」

　と、言われて妻が作る料理を思い浮かべた。特に気遣っているという様子もなかったが……。

「うちの子はタマゴに反応しちゃってな。そりゃあ、大変だぞ。なんせ、生きるの死ぬのって問題だからな」

「ま、でも、取り立ててだめなものはなかったと思うけどなあ」

「心許《こころもと》ないなあ、お前ってやつは。うん、じゃあ、みーちゃんが食べられそうなものは……と」

　篠田は品書きの中から、刺身の盛り合わせ、ダシ巻きタマゴ、ポテトサラダを選んだ。

「あとで、おにぎりも食べる？」

「うん、たべる」篠田に訊かれて、娘は嬉《うれ》しそうに返した。

　運ばれてきたビールとジュースで乾杯した後「それで、鮎ちゃんの行き場所に心当たりはないのか」と篠田が改めて尋ねてきた。

「全然」オレは首を振った。

「そもそも、なんかあったのか、お前たちの間に？」

「いや、特に……。まあ、ここんところ不機嫌だった気はしますけどね。あ、そうだ」

「なんだ、どうした？」

「ほら、例の取材、あの辺りからプリプリし始めちゃって」

篠田から受けた雑誌インタビューのことを妻に話すと「なんで、あんたがイクメンの特集に出るわけ？　そんな権利があんの？」と、憮然《ぶぜん》とした。

「しょうがないだろう、篠さんが勝手に決めちゃったんだから。オレは別に、出たくて出るわけじゃないしよ」

「ふーん、どうだか。大体さあ、みーのことなんか、ぜーんぶ私に押し付けっ放しでさ。早く帰って来て遊び相手になるとか、全然そういうこともしないくせに」

娘の相手をしたことがないというのは、いささか言い過ぎだ。美空のことは可愛いし、大事な存在には違いない。

「でもな、ディズニーランドとか行けば、パレードの間、ずっと肩車もするし。あれは結構しんどいんだぞ」

「だから、そういう特別なときのことじゃなくて、普段のことを言ってるのよ。あなたは結局、子育てのオイシいとこ取りしてるんだから」

「仕事があるんだから仕方ないだろっ」

仕事が立て込んだり、イベントがあれば土日だって潰《つぶ》れることもある。

「よく言うわよ。みーがインフルエンザで熱出した晩だって、暢気《のんき》にキャバクラ通いだったもんねえ」

「今度はそういうことを持ち出すのか。ああ、そりゃあ、キャバクラには行きました。でもあれは、接待の流れで、篠さんが行こうって言い出したんだよ。篠さん、強引だからさ」

篠田と一緒だったというのも接待だというのも、実は嘘だ。本当は部の後輩と行ったのだ。

「お前なあ、取引先の人もいたんだぞ、オレだけ、帰りますなんてこと言えるかよ。大体、オレが好き好んで行ってるとでも思ってんのか？　だとしたら、心外だなあ」

「何が心外よ。どっちにしろ、どうせ鼻の下伸ばして、脚とかお触りしてたんじゃない？　まったく、ばかなんだから」

ばかと言われて多少ムカッとしたが、ほぼ言い当てられていたので、それ以上の反論はしなかった。

そして、発売された雑誌の記事を読んだ鮎子は「へえ。ご立派なパパだこと」と呆《あき》れた。

「ふーん、疲れてても娘の遊び相手になることがしあわせなんだあ。休日は近所の公園でブランコねえ。で、何、奥さんのために、洗濯物畳んだり、皿洗いまでするんだ？　一体、どこのうちの話よ？」

鮎子は雑誌を放り投げた。普段のオレとはかけ離れた良きパパぶりを語っているのだから、臍《へそ》を曲げられても仕方ないが……。

オレはタコの切り身を箸《はし》でつまんだまま口に運ぶでもなく、そんな妻とのやり取りを篠田に話した。

「まあ、文句を言うのは女房の習性だからな」

「そうっすね。だから、あとは適当に聞き流してたんですけどね」

「ああ、だめだ。それやっちゃだめ」篠田は大袈裟《おおげさ》に手を振った。

「はあ？」

「堪えて黙っているっていうのと、適当に聞き流すっていうのをごちゃまぜにしちゃいかんのだよ、石川くん。女っていうのは、いや、女房っていうのはな、そこんところを結構かぎ分けてるんだから」

「篠さん、随分、女の心理を分かってるんですねえ」皮肉たっぷりに言い返した。

「まあ、お前よりは旦那《だんな》としてキャリアがあるからな」

篠田は二十代の半ばで結婚した。今時の結婚事情から言えば早いものだったが、俗にいう〝デキ婚〟ということもあった。

「あれ、みーちゃん、寝ちゃったね」

篠田が目を向ける方に首を振ると、いつの間にか娘は座布団の上に横たわり目を閉じていた。

「ほら、上着掛けてやれ。風邪でも引かせたら大変だ」

篠田に促され、オレは上着を脱いで娘の上にそっと掛けた。それにしても、篠田は意外と細やかな気遣いをする。

それから一時間程、篠田に愚痴をこぼし続けた。

「さて、そろそろお開きとするか」篠田が膝《ひざ》を立てる。

「そうしますか」と言い「みーちゃん、起きよう。おうち帰るよ」と、娘の身体を揺さぶっても、まったく目を覚ます気配がない。

「この子は一度寝たら雷がなっても起きない」と、いつぞや妻が言ったことを思い出す。

「おい、無理に起こすなよ。会社なんて不慣れな場所にいたんだ、きっと疲れたんだろう。ほお、可愛い顔して寝てるじゃないか」篠田が目を細める。

「でも、それじゃあ、帰れないでしょう」

「おんぶしてやれよ」

「おんぶ？」

「当たり前だろう。それが親の務めってやつだ。それにだ、石川。子どもをおんぶしてやれるなんて今くらいのもんだぞ」

正直、娘をおんぶしたまま混んだ電車に乗るのは気が進まなかったが、篠田の言うことに従った。おんぶなんていつ以来だ？　去年のディズニーランドの帰りだったか？　そんなことを思い出しながら背負った娘は確実に成長して重くなっていた。

JR代々木《よよぎ》駅で篠田と別れ、電車に乗り込んだ。スーツ姿のいかにも会社員風の男が子どもを背負っているなど、周りの乗客の目には奇妙なものに映っているはずだ。

新宿で京王《けいおう》線に乗り換えた。まだ八時台の車両は混雑していた。人のよさそうな中年女性が見兼ねたのか「ここにどうぞ」と座席を譲ってくれた。よんどころない事情を抱えた父親にでも見えて同情してくれたのかもしれない。確かに事情はあるが。それにしても背負った娘を腕に抱え直すだけで汗が噴き出る。オレはなんでタクシーを使わなかったのだと後悔し、ひとり苦笑いする。

地元の下高井戸《しもたかいど》駅のホームに降り立ち、ふたたび娘をおんぶし直す。それにしても、びっくりするくらい目を覚まさずに寝入っている。

マンションまでは普通に歩けば十分とかからない。この通りがこんなに長く感じられたのは初めてだった。

やっとたどり着いた部屋の明かりを点《つ》けると、ソファに娘を下ろした。

「今、お布団敷くからね」

返事など返ってはこないと分かっているが、そう話し掛けた。

リビングに接した和室が寝室だ。ここに親子三人で眠る。布団の上げ下げなどしたことがないので、この作業も億劫《おっくう》に感じた。

「よーし、これでいい。さて、こっちに寝るよ」

またそう口に出して、娘をソファから布団へ移した。そして強張《こわば》った腰を反らした。

「で、どうするよ？　あ、電話してみるか」

通じないだろうと思いつつ、三度目の電話を鮎子にした。やはりだめだった。

「まったく、どこに行ったんだ。あ、秋田か」

妻の実家は秋田市内にある。五年前に義母が亡くなり、義父は一人暮らしをしている。

「電話してみるか……いや、もう休んでしまったかあ……」

義父は早寝なのだ。それに、もし実家にいなければ騒ぎになる。今晩のところは連絡を控えて、明日《あした》にするか。

それにしても、妻が行きそうな場所が思い当たらない。友達のところも考えられるが、連絡先が分からない。こうアテがないのでは探し様がない。ちょっと家出というくらいだから、戻る気はあるのだろうし、まさか妙な気など起こさないだろうし……。癇癪《かんしゃく》を起こしてもいいが、なんなんだ、この嫌がらせたっぷりな感じは。いや、そんなことより、差し当たって明日からどうする？　今日は水曜日、週末まで木、金と会社がある。今週末はイベントがないので仕事はない。これが、もしゴールデンウィークだったら目も当てられなかった。連休はスポーツイベントが目白押しでてんてこ舞いだった。

「あ、そうだ、母ちゃんに来てもらうか。おう、その手があったな」

――母ちゃん、オレ、颯太《しょうた》。

鹿児島の母に電話した。

――なんね、また助けてくれって話ね。

――まだ何も話してないだろうが。いや、まあ、そういうことなんだけど。

――大体、あんたが連絡してくるときは、困ったときだけ。普段は元気かのご機嫌伺いもせんのに。

——それは悪かったけど……。いや、あのさ、明日朝イチでこっちに出て来てくんない？

——はあ？　なんごとね？

この期に及んで、事実をありのまま話してよいものか迷いつつも、誤魔化していては切実さも伝わらないと思い、経緯を話すことにした。

——みーちゃんを置いて、鮎子さんが家出ね。あん子はいつか、そういうことをすると思ってた。昔っから、ちょっと好かんかった。

母が鮎子をそんなふうに思っていたとは初耳だ。むしろ、関係は良好だと思っていたので意外だ。

——今まで言わんかっただけよ。好いてるふりでもしないと、孫も抱かせてもらえんしね。

——ああ……。ま、この際、そんなことはいいや。で、明日、頼むよ。

——無理。お母さんは、明日から印鑑屋の五十嵐《いがらし》さんと韓国旅行に行くのよ。だから東京へは行けんよ。残念やったね。

五十嵐さんとは商店街で昔から印鑑の店を構える友人のことだ。母のいちばんの仲良しといっていい。

——韓国旅行？　なんでよりによってこのタイミングなんだよ。

——あんたには関係なかことだがね。旅行は随分前から約束してて、楽しみにしてたんだから。だいいち、みーちゃんの世話なら、あんたがおるじゃないの。

——会社があるだろう。

——休めばよかがね。

——そりゃあ、一日くらいなら休めるさ。だけどいつ戻って来るか分からないんだから。

——じゃあ、二、三日待って、それでも帰って来なかったら警察にでも届けて捜してもらえばいいが。

——警察って……。

——大体、あんたはお父さんに似て、子育てなんか母親のやることだと思ってるんじゃないの。お父さんは、まあ、あの人は子どもの相手をせん人やった。お母さんが風邪で寝込んでも、全然気にもせずに飲んで帰って来るし。大体、家のことはなんにもせんかった。横のものを縦にすることもなかったし。鮎子さんは好かんけど、気持ちはよーく分かる。まったく、男なんてもんは……。あんたも同じね。

十年も前に亡くなった父親の話を持ち出された挙げ句、その矛先がオレに向かい始めた。このまま粘っても無駄だと判断し、オレは「分かった、もう頼まないよ」と半分ヤケになって、母との電話を切った。

とはいうものの、今夜はこれで手詰まりだ。何もする気が起きなくなってしまった。

会社での妙な冷や汗と娘を背負ってかいた汗が気にはなったが、風呂《ふろ》に湯を張ることさえ面倒臭い。ひと晩くらい入らなくても死にはしない……。

オレは冷蔵庫から缶ビールを取り出すと、ソファで呑《の》み直すことにした。

室内に娘の寝息が微《かす》かに響いていた。ビールの空き缶が一本、二本と増えていくと、娘の寝息に誘われるように睡魔が襲ってきた。

「パパ、おしっこ」

娘がオレを揺り起こす。意識が薄ぼんやりとしていて「ん、なんだって」と訊《き》き返した。

「おしっこ、もれちゃうよお」

「おしっこ？　だったらトイレだろう。行っておいで」と、廊下の先にあるトイレを指差した。

「やだ、ひとりじゃいけない」

「行けるよ、行っといで」

すると「ああ……パパ……」と、娘の観念したような声がした。

目をしょぼつかせながら、ゆっくりと身体を起こし、娘の足許《あしもと》を見ると水たまりがみるみると広がっていく。それが何を意味するのか咄嗟《とっさ》に分からず、しばらく四方へ広がっていく様子を眺める。次の瞬間、思考回路が繋《つな》がり慌てた。

「あああ、みーちゃん。漏らしちゃったのかよ」

殊の外、大きな声で反応してしまった。そんなつもりはなかったが、娘は叱られたと思ったようで「ごめんなさい、ごめんなさい」と泣いて謝った。

「いやいや、パパがごめん、大きな声出しちゃって。あ、いいから、動くなよ。じっとしてて」

脇にあったティッシュボックスを手にして、勢いよく何枚も抜き取り、おしっこを吸わせようと押さえてみたものの、そんなものでは全然足りない。あれだけジュースを飲んで、その後トイレに行かずに寝入ってしまったのだ。こうなっても仕方のないことだ。それに気づかなかった自分に腹が立つ。

「くそ。みーちゃん、そのままな」と、言い残すと脱衣所に走った。

「タオル、タオル、タオルはどこだ？」

どこにタオル類が仕舞ってあるのか分からないので、引き出しを片っ端から引いた。結局、いちばん下の引き出しにあった。つかめるだけ手にすると、リビングに取って返しておしっこを吸わせた。

開け放したままのカーテンの向こうで、夜が白々と明け始めていた。こんな時間にオレは何をやってるんだと、床を拭《ふ》く自分が急に情けなくなる。

「次はシャワーだな」

娘の服を脱がせると、抱きかかえて風呂場へ向かう。

いきなりシャワーを当てたものだから「つめたい」と言われた。しまった、慌てていて温水のスイッチを押すのを忘れた。

「ああ、ごめんごめん」

もうバタバタだ。おまけに、気づけば自分のズボンがシャワーでぐしょ濡《ぬ》れになっている。こんなことなら風呂を沸かしておけばよかったものを……。すべてが裏目に出ているようで「なんだかなあ……」と声が漏れる。と、同時に、切なさを通り越して笑えてきた。

着替えを済ませ、ふたりして布団の上に寝転んだものの、今度は妙に頭が冴《さ》えてしまい、眠ることができなかった。

結局、会社を二日間休むことにした。これで土日を含めれば、四日間の連休になる。有休は充分に残っているし、それを使うことに問題はない。とはいえ、その間に鮎子が戻らなければマズい。会社が寛容に対応してくれるのにも限度がある。

「さて、洗濯をするか」

普通の洗濯物なら二、三日溜《た》めておいても構わないだろうが、さすがにおしっこを含んだタオルや服をそのままにしておくことはできない。

全自動だ。放り込んでしまえばなんとかなる。と、改めて洗濯機の前に立つと、ボタンがたくさんあり、しかもコースが色々ある。洗剤の分量もまちまちなのかよ？　どこが全自動なんだ。いきなり躓《つまず》く。

オレは萎《な》えながらも適当にボタンを押した。無事に動くことは動いた。

と、「パパ、おなかすいた」と娘がやって来た。そうだ、メシのことを考えねばならないのか。

冷蔵庫には玉子があったが、目玉焼きを作るのも億劫《おっくう》で、とりあえず、キッチンに置いてあったコーンフレークでお茶を濁す。

「スプーンは？」

「ヨーグルトは？」

「はいはい」

「みーちゃん、頼むから一度に言ってくれない」

娘は足をぶらぶらさせながら「だってえ、ママはいつもそうしてくれるよ」と口を尖《とが》らせた。

こんなことで鮎子に負けるのは悔しい。

「スプーンは？」

「さっき持ってきたじゃん」

「ヨーグルトのスプーンだよ」

「はいはい、分かりました」

娘に何かを要求されるたびに、何度も立ったり座ったりを繰り返した。

洗濯物をベランダに干し終え、ひと休みしようとソファに座ると「パパ、遊ぼう」と、娘が膝《ひざ》の上に乗ってくる。無下にもできず、くすぐりっこやお馬さんごっこになった。

荒っぽい遊びは男親ならではのものだ。十分も相手をしてあげれば気が済むだろうとタカをくくっていたのだが「もういい？」と訊くたびに「やだ、まだ、やる」と聞かない。そして、あっという間に昼になった。

昼食はトーストにイチゴジャムで済ませた。するとまた「パパ、遊ぼう」と絡みついてきた。

「お絵描きとかにしないか」

「やだやだ、こんどはヒコーキ」

やれやれ、午後の部に突入だ。娘の要求は際限なく続くようだった。

陽が傾く頃、洗濯物を取り込みながら、晩飯をどうしようかと考えをめぐらす。食べ物のことで悩みながら一日が過ぎる。こんな経験は滅多にない。

体力を使い果たし、何かを食べに出掛けるのも面倒で、宅配ピザを取ることにした。

だが、チラシを探すのに三十分もかかった。

「パパ。ママいつかえってくるの？」

さすがに不安を感じ始めたのだろう。

「みーちゃんがわるいこだからおいていかれちゃったの?」

「そうじゃないよ。ママは……ほら、なんつーかさ」

思わず答えに詰まる。こんな小さな子に、自分に非があるのかもしれないと思わせるなんて、鮎子のやつ……。

「みーちゃんはいい子だろう? だからママはすぐに帰ってくるよ、大丈夫」と、娘の問いには答えず、そんな空手形を切った。

「さあ、ピザ食べよう」

「うん」

食後、お風呂に入り、パジャマに着替えさせると、娘があくびをしたので「あ、みーちゃん、眠いならおしっこしなくちゃ」と、トイレに連れて行った。また漏らされたらかなわない。

娘の隣に寝転んで、天井を見上げた。やっぱり仕事の方が楽だなあ。なんと細かく慌ただしい一日なんだろう。疲れ方が微妙に違う……。

それでも娘の寝息と微かに伝わる体温にほっとさせられる。皮肉なものだが、今日一日で、インタビュー記事に載ったオレに、少し近づいたような気がする。

三日目の昼前、家の電話が鳴った。表示された番号は見覚えのないものだった。どうしたものかと迷ったが子機を取り上げた。

——もしもし、石川ですが。

少しだけ間が空いた。

——私、美空ちゃんに仲良くしてもらっているアキホの母で、オダと申します。あのー、失礼ですが、美空ちゃんのお父さんですか？

——はい、そうです。

——あ、いつもお世話になってます。それで、みーちゃんママ、いえ、鮎子さんはいらっしゃいますか？

鮎子の〝ママ友〟か……。

——家内は実家へ戻ってまして。いえ、その、義理の父が具合を悪くしたもので。

訊《き》かれてもいないのに、また口から出任せを言った。

——家内に何か？

——いえ、特に大した用事ではなくて、いつものみんなで、久しぶりに昼ご飯でも食べようよってことになったものですから。えーと、美空ちゃんも鮎子さんと一緒に、ご実家の方に？

——いいえ、娘は私とおります。

——そうですか……。あのー、よろしかったら、ランチ、ご一緒しません？

——はい？

――うちの子が、みーちゃんと遊びたいと言ってるもので。

ママ友たちとランチを食べるなど、考えただけで背筋が寒くなる。そんな中にぽつんとオレが交じって、どうしろっていうんだ？

――折角……。

断ろうとしたとき、ふと別の考えが浮かんだ。もしかすると、妻の行き先を探れるのではないか、と。それに娘が友達と遊んでいる間、オレは解放される。適当に珈琲《コーヒー》でも飲みながら相槌《あいづち》でも打っていればいい。さすがに今日はスーパーへ買い出しに行かなくてはならないのだし、そのついでに外食したと思えばいい。

――それでは、ご一緒させていただきますよ……。娘も喜ぶでしょうし。

「みーちゃん、アキホちゃんとご飯食べようか」

テレビを観ていた娘にそう言うと「やったあ」と万歳ポーズで応《こた》えた。


早速、支度をして近所のファミレスに向かう。

レジ前から店内を見回すと、あちらこちらに子連れグループが目に入り、思案していると「みーちゃーん、こっちこっち」という女の子たちの声が聞こえた。振り向くと、三組の親子が窓際の席に陣取っていて、子どもたちが娘に手を振っていた。

美空はそちらへ駆け出し、オレはその後に続く。

近づいてお辞儀をすると「石川です。家内と娘がいつもお世話になってます」と型通りの挨拶《あいさつ》をした。

母親たちはにこやかに笑い掛けているようで、実は値踏みでもするようにその目をオレの頭の天辺《てっぺん》から爪先《つまさき》まで上下させるのが分かった。子どもたちはみな、女の子だ。オレ以外は全員オンナという、完全なアウェイ状態だ。

「すみませーん、先程はお電話で失礼しました」

小柄で丸顔の母親が頭を下げた。と、いうことは、この人がオダさんか。

「いいえ、こちらこそ」

「どうぞ」と勧められたのは、彼女たちに囲まれる真ん中の座席だ。

「やっぱりゲストは真ん中の席よね」

ゲストって……。むしろ被告人席に座らされる心持ちになる。だが、娘はそんな父の躊躇《ためら》いなどお構いなしに、ちょこんと椅子に座った。こうなっては仕方ない、オレは娘の隣に腰掛けた。

「えーと、こちらが、ハルちゃんのママでホンマさん、で、そちらがジュンカちゃんのママでキザキさん」とオダさんが紹介してくれた。オレは「どーも」と会釈しながら微笑んだ。きっとぎこちないものになっていたはずだ。

母親たちは鮎子と同じくらいの歳なのだろう。だとすれば三十路《みそじ》は超えている。身長や体型はそれぞれだが、ただ、長い短いの差はあっても、どの母親も髪を明るいブラウンに染めている。それは妻も同じだ。

「さて、なんにしようかあ？」と、オダさんが子どもたちに尋ねる。

「あたし、これがいい」と、ハルちゃんがメニューに載ったお子様プレートの写真を指差すと、他の子たちも、それにつられるように「あたしも」と答えた。

母親たちは〝本日のランチ〟のパスタセットやシーフードドリアセットを注文し、オレはカツ丼セットという和風メニューを選んだ。

食事をしている間は、食べこぼしたりする子どもたちの世話に手がかかって、あまり会話が成立しなかった。それはオレには都合がよかった。しかし、〝ティータイム〟へ移った途端、テーブルは大人組と子ども組に分かれ、母親たちのお喋《しゃべ》りは本調子になった。

そして、いつしか話題の中心はオレになった。

「鮎子さんのお父さん、具合はどうなんですか？」

「あ、ああ……。いや、まだ、その詳しいことは」

「でも、みーちゃんママも安心よね。だって、こんな素敵なイクメンパパがいてくれるんだもの」

「そうそう。私、読みましたよ、あの雑誌」

ひとりの母親がそう切り出すと、他の母親も合いの手を入れるように、それに応えた。

オレは恐縮したように「お恥ずかしい」と頭を掻《か》いてみせた。

「ほら〝仮面夫婦〟っているじゃない？　夫婦円満ぶりをアピールしてるけど、実は冷め切った関係……みたいな。それと同じで〝仮面パパ〟っているのよ」

「ほらさ、男の子をひと晩中、裸のままベランダに放置して死なせちゃった人っていたじゃない。あのダンナもそういうタイプだったみたいね」

「ニュースでやってた。近所のおじさんがインタビューで『たまに路地でダンナさんと男の子が自転車乗ったり、サッカーやったりしてたんで、フツーの親子にしか見えなかったけどね』とか言ってたっけ」

「いい父親を世間にアピールしてたらしいけど、実は人が見てないところじゃ何もしない。むしろ、無関心、みたいな」

「そうそう、奥さんが育児疲れしてても、全然手助けしてくれなかったらしい」

「母親はノイローゼっぽかったって話もあるし」

「そりゃあ、ダンナが無関心で、なんの援護もないんじゃ、ヘンにもなるわよね」

「だからといって、死なせちゃったらだめだけどね」

「最悪よねえ」顔を見合わせて、母親たちは声を揃えた。

「でも、一歩間違えばさ、どんなママだってそうなっちゃう可能性ってあるよね」

鮎子にもそんな可能性があるということなのか。確かに、美空の相手を二日間しただけでへとへとになるのだから、少しは理解できるが……。

「仕事、仕事って言うけど、そう大した仕事もしてないくせに。女房子どもを放ったらかしっていうのもサイテーよねえ」

いやいや、それについては男には男の大変さがあるんだ……と反論したいところではあるが、多勢に無勢だ。なんせ、鮎子が三人いるようなものなのだから、口では到底勝てるはずもない。オレは苦笑いをしながら黙《だんま》りを決め込んだ。

「その点、みーちゃんパパは偉いわあ」

「皿洗いをしてくれたり」

「料理も上手なんでしょう？　得意なのはシチューでしたっけ？」

「それに絵本を読んであげたり」

「みーちゃんママに足ツボマッサージまでしてあげるんでしょう？」

「もう、素晴らしいのひと言に尽きるわ」

などと、口々にオレを褒めちぎる。尻《しり》の据わりが悪くなり、逃げ出したい気分だ。

「いつも、みーちゃんママが自慢してるもの。パパは素敵なイクメンだって」

え、うちのがオレを自慢してた？　いや、それはないだろう。口が裂けてもそれは言わないはずだ。これはなんかおかしいぞ。

と、オダさんがオレにスマホを向けると、シャッター音がした。おいおい、何、写真撮ってるんだよ。

オダさんは人差し指でスマホの画面に触れながら、最後に言った。

「はい、送信完了」

え、今、オレの写真、送った？

母親たちの言動がすべて疑わしく思えてきた。オレに向ける彼女たちの視線に悪意さえ感じられる。急に不都合なことばかりが頭の中を駆け巡り、全身の毛穴から気持ちの悪い汗が噴き出してくるようだ。

と、尻のポケットに入れたままのスマホが振動した。

「あ」と思わず声が出た。タイトルはないが妻からのメールだ。本文もなく写真が添付してある。それを開いて言葉を失う。妻と母のツーショットだ。これはどこだ？　プルコギ食ってる？　韓国にいるってこと？

と、ふたたび着信だ。またタイトルのないメールだが、今度は文章があった。

――韓国にいます。で、篠田さんにご協力感謝しますと伝えて――

はあ、どういうこと？　篠さんってどういうことだ？　え、もしかして……みんなグル？

「あれ、みーちゃんパパ、どうかしました？」

「あんまり顔色がよくないみたい」

「ホント、汗がいっぱい」

なんなんだ、この敗北感は……。オレはよろよろと立ち上がった。

「どちらへ？」

母親たちと娘たちが一斉にオレを見る。

「ちょっとお手洗いへ……。もうめちゃくちゃ疲れたので、そろそろ素顔に戻ろうと思いまして」

接ぎ木ふたたび

昨日《きのう》の晩だった。

――もしもし、オレだけど……。

――はて、どちらのオレさんですかな？

最近、近所の家に〝オレオレ詐欺〟の電話が掛かってきたらしい。途中で気づいたその家の主《あるじ》は、騙《だま》されたふりをして警察に通報。刑事が物陰で見張るという一幕があったようだ。だからというわけで警戒したのではない。ちょっとした意地悪を込めてとぼけてみたのだ。

――オレだよ、洋平《ようへい》。

――なんだ、お前か。ついにオレオレ詐欺グループからのお誘いかと思った。

久しぶりであっても、耳に当てた電話の子機から聞こえる声の主が、息子本人のものであることには気づいていた。都内に、しかもそれほど遠い場所に住んでいるというわけでもないのに、思えば、もう二年、顔を見せに来ていない。

洋平と私は、ちょっとした不仲が続いている。

十三年前、妻の美津代《みつよ》が心筋梗塞《こうそく》で倒れ、そのまま逝ってしまった。その後、長女の敦子《あつこ》が嫁ぎ、洋平とふたりで暮らすようになると、些細《ささい》なことで衝突するようになった。

「洋平、生ゴミ、出し忘れただろう。どうして取り決めたことを守れないんだ」

「一回くらい出さなかったからってどうってことねえし。何、カリカリしてんだよ」

「なんだ、その口の利き方は」

「そっちだって、使った皿、流しに置きっ放しじゃねえか」

　と、いった具合だ。

　元々、子どもの頃から反抗的な態度をとるような息子だった。だから私も、ときに厳しい言い方になった。それでも、ふたりの間でクッションの役目を果たしていた美津代や敦子がいたときは、そんな言い争いもなんとなく収まっていたものだが……。

「オレ、一人暮らしするわ」

　就職して間もない頃、洋平はそう言って家を出た。

　それ以降、この家に暮らす者は私ひとりになった。

——で、なんだ？　お前が連絡してくるなんて。梅雨の季節に雪でも降らなきゃいいが。

——いや、まあ、その、どっか具合とか悪くしちゃいないかと気になったもんだから。

——そりゃあ、大層親思いなことだ。嬉《うれ》しくて泣けてくるよ。

　と、厭味《いやみ》たっぷりに言い返した。

——父さん、その物言い、相変わらずだな。

——ああ、何も変わってない。そして至って元気だ。どうだ、これで安心したか？

じゃあ、もう用は済んだな。

——ああっ、ちょ、ちょっと待ってくれ。

受話器を耳から離し切ろうとしたとき、息子の慌てた声が聞こえ、仕方なくもう一度、耳に当て直した。

——なんだ、まだ何かあるのか？

——いや、まあ、その……。

——要領を得んやつだな。一体、何事だ？

本題をなかなか言おうとしない洋平に、せっかちな私は苛《いら》ついた。

——あのさ、悪いんだけど、しばらくそっちで暮らしてもいいか？

予想外の言葉に、一瞬耳を疑った。

——頼むよ。まいってるんだ、大貴《ひろき》の世話で。

大貴は洋平のひとり息子で、つまり私の孫だ。

——大貴の世話？　それなら恋女房がいるだろう？

洋平が微《かす》かに舌打ちをするのが聞こえた。

洋平は七年前、欧州の有名なチョコレート会社の日本法人に勤める女と所帯を持った。外資系証券会社に勤務する息子とは、お互い出張中の飛行機の中で知り合い、短期間のうちに意気投合したようだ。もっとも、そんな経緯などどうでもよいのだが、とにかく私はその義理の娘を好きではない。

――なんだ、どうした？

――いや、その……。芹那《せりな》とは別れた。

――え、なんだって？

――だから、オレたちさ、その、つまり、離婚したんだ。

――はあ、したんだ？　それは、これからするんじゃなくて、もうしたってことか。

――ああ……。

普段の行き来がないので、息子夫婦の暮らしぶりなど知る由もないが、そう告げられても大して驚きはなかった。むしろ〝やっぱりな〟と思った。

――期待通りの報告、本当に痛み入る。しかし、なんともお粗末な話だ。挙げ句に、このうちに戻りたいとは……。つまり、それはオレに大貴の面倒を見ろっていうことだろう。そんなことはごめんだ。

――いや、まあ、そういうことだけど……。でもさ、とにかく頼むよ。

洋平の声に切羽詰まった様子を感じ取れたが、突き放す。

――オレじゃなく、他を頼ればいいだろう。

――姉貴には、たった今断られた。かすみが受験を控えてピリピリしてるからって。

ふたりきりの姉弟《きようだい》なのに冷たいよな。

敦子は化学会社の研究室に勤務する旦那《だんな》と小学六年生の娘と横浜で暮らしている。洋平とは異なり、私の暮らしぶりを気に掛け、たまに足を運んでくれる。なので、敦子の家庭の事情なら少しは分かっている。

——何が冷たいだ。敦子が正しい。ふーん、なるほどな。それで、ホントは頼りたくないオレに、というわけか。

と、いうことは、余程窮しているのだろう。

——そうツンケンせずにさ。とにかく詳しい事情は、明日《あした》、そっちに行って説明するから。

——来たければ勝手に来ればいい。留守にしてるかもしれんが……。

出掛ける予定はなかったが「はい、どうぞ」とは言い難かった。

私は子機をホルダーに戻し「ここで暮らしたいだと？」と、独り言を言いながら頭《かぶり》を振った後、静まった家の中を見回した。

「みてみろ、お前が甘やかすもんだから、洋平がだめ男になっちまって。育て方をまちがったんじゃないのか」

居間の隅に置かれた仏壇に飾られた妻、美津代の写真に話し掛けた。

「あら、何言ってるの。仕事仕事って、子どものことなんか後回しにしてたくせに。私ばっかりの責任にしないでください。あなたも親なんですから」

空耳だろうか、以前、美津代に言われたことが聞こえた気がした。

高度経済成長期後期にサラリーマンとなった私は〝モーレツ社員〟などと呼ばれた世代の父親で、やはり家庭より会社を尊重するひとりであったと思う。

家庭を顧みず、いや犠牲にしてまでも、がむしゃらに働いてきた企業戦士の末路はこういうものなのか……。

「お前、どう思う?」

そう美津代に問い掛けて、私はひとり苦笑した。

私は家電メーカーに勤めていた。営業畑一筋に勤め上げ、定年退職後、知人に紹介された電子部品メーカーに再び職を得た。五年間という約束の期限を迎えたとき、ありがたいことに幹部からは会社に留《とど》まってほしいと言われた。が、しかし丁重に辞退した。もう働かなくてもいいだろう、という潮時感があったのだ。

贅沢《ぜいたく》をしたいわけでもなく、特段欲しい物もない。趣味は、下手の横好き程度の囲碁で、週に二度ばかり、駅前の雑居ビルにある碁会所へ行くくらいのものだ。幸い、余生を食い繋《つな》ぐくらいの蓄えならある。

「残ればよかったのに。お父さんみたいな会社人間はね、仕事をしなくなると一気に老け込むのよ」

敦子からはそんなふうに笑われたが、無職になって二年が過ぎた今でも、娘の心配をよそに身体の変調もない。物忘れが年々酷《ひど》くなったり、僅《わず》かな畳の縁《へり》にさえ躓《つまず》き転びそうになることもあるが、この歳の人ならば、ままあることだ。

仮にこの先、思うように身体が動かなくなったとしたら、この家を処分し、老人介護施設に入ればいい。近くを流れる神田川《かんだがわ》沿いには緑地公園もあり、区内でも桜の名所として知られている。住環境は抜群によい。古くなった家自体に価値はなくとも、五十坪の土地には、それなりの値段もつくだろう。ただ、売却するとなれば、美津代には少しばかり申し訳なく思うが……。

妻は三姉妹の末娘で、この土地は美津代が財産分けとして貰《もら》い受けたものだ。昭和五十年代、この辺りにはまだ、白菜やキャベツ、大根といった野菜を作る畑があった。美津代の実家も戦前から、この地で農業をしていた。その名残の土地だった。

新婚時代、私たち夫婦は阿佐谷《あさがや》にあるアパートを借りて住んでいたが、譲り受けたこの土地に家を建てて引っ越した。その後、周辺には年を追う毎に同じような家が建ち並び、畑は住宅街へと変貌《へんぼう》していった。

一方、私の故郷は長野県の上田《うえだ》だ。兄、妹ふたりの四人兄妹だが、私以外はみな地元で所帯を持ち暮らしている。血の繫がりはあるとはいえ、年々縁遠くなってしまうもので、最近では東京に住む私が兄妹と顔を合わせるのは、葬式や法事のときばかりになってしまった。昔は、正月や盆には帰省を欠かさなかったものだが、次第にそれもなくなった。

「東京は人が多くて嫌になる」とか「やっぱり田舎は緑があっていいねえ」などと言ってはみても、実家に帰ってもどこか尻《しり》の据わりが悪く、東京へ戻るとほっとするようになった。かつての田舎者が一端《いっぱし》の東京人になったということだ。それは、自分の居場所というこの家があったからだ。

なので、この家に愛着がないわけではない。何より、我が家にも家族の賑《にぎ》わいというものがあった。妻が台所で立てる物音、娘が観る歌番組、息子が階段を駆け上がる足音……。それはまさに家族の気配というものなのだった。

「美津代、あいつらにとって、ここはどういう場所なんだろうなあ」

仮に、息子と孫が転がり込んできても窮屈になることはない。大豪邸ではないが、二階には洋平たちが使っていた部屋があり、他にも使用していない部屋がある。もっとも私が一人暮らしとなってからはロクに掃除をしたことがないので、埃《ほこり》まみれの状態ではある。

「お前、聞いてたか？　ここに、住みたいんだと。そうなったらお前は『賑やかでいいわね』なんて言うのかねえ」

確かに、あの騒々しさを懐かしく思うこともある。だがもう、一人暮らしの侘《わび》しさを感じることはない。すっかり慣らされてしまったということなのだろう。

「さてさて、どうしたものかなあ……」

いつになく神妙な気分になった。

梅雨の中休みというのだろう、縁側から廂《ひさし》越しに見える空は晴れ渡っていた。心なしか乾いた風が吹き込んでくる。

昼過ぎ、洋平は大貴を連れて家にやって来た。大きなスーツケースを脇に置き、さながら海外旅行から戻ったようだ。

洋平との関係が良好なら「おお、よく来たな」と笑顔で出迎えるところなのだが、ついつい仏頂面になる。

「どうも」洋平は玄関先でバツの悪さを顔に滲《にじ》ませながら頭を掻《か》いた。

「どうもって挨拶《あいさつ》があるか」

洋平は少しやつれた様子だ。そして、久しぶりに見る孫は随分と大きくなっていて、目の辺りがどことなく洋平の小さかった頃に似てきた感じがする。

「ほら、大貴、挨拶は」と、洋平に促され、大貴は「グランパ、こんにちは」と頭を下げた。

グランパとは畏《おそ》れ入った。

向こうの祖父は仕事の関係で海外赴任が長かったようなので、きっとかぶれているのだろう。

「おじいちゃんでいい。そんな呼ばれ方をするとモゾモゾする」

私の言い方が少しキツかったのか、大貴は返事もせずに、洋平の後ろに隠れた。

「まあ、上がれ」

私がそう促すと、青いリュックを背負った大貴の背中を押しながら洋平は靴を脱いで居間へと入った。

「ほら、まずすることがあるだろう?」

「ん?」

「母さんに線香くらいあげないか」

仏壇の前に並んで手を合わせるふたりの背後で「あれだけ可愛がってもらったくせに、母さんに会いに来ようともせずに」と私は小言を言った。

「しかも手ぶらとはな。せめて母さんの好物だった水羊羹《みずようかん》くらい買ってくるもんだがな」

振り向いた洋平は苦虫を嚙《か》み潰《つぶ》したような顔だ。と、いつもならここで言い争いが始まってもおかしくはないのだが、さすがに立場の弱さを感じているのか「ああ、ごめん」と素直に謝った。いささか調子が狂う。

「それにしても、少しは片付けた方がいいんじゃないか」と、洋平は部屋のあちらこちらに視線をめぐらせた。

「洗濯物をそんなところに引っ掛けてないでさ」

二階には物干し場もあるが、洗濯物籠《かご》を抱えての上り下りは、歳をとってからというもの億劫《おっくう》だ。それに階段を踏み外しでもすれば命に関わる。居間の鴨居にハンガーを掛け、洗濯物はそこで乾かすことにしている。

「訪ねてくるのは敦子ぐらいのもんだ。何か問題でもあるのか」

「そうじゃないけどさ。どっこいしょ」

洋平は座卓を挟んだ正面に座り、あぐらをかいた。

「で、なんだ、離婚の原因は？」

私はお茶も出さず……もっとも出す気など最初からなかったが、いきなり核心に触れた。

「おいおい、父さん」

洋平は、ちらりと大貴に目を向けると「大貴、向こうで遊んでなさい」と、追い払った。

「はーい」と答え、大貴はリュックの中から、おもちゃの車を取り出すと、庭に面した廊下で遊び始めた。

「で、あの子は、大貴はお前たちのことを分かっているのか？」

「ちゃんと説明はしていない。ママは仕事で、しばらく外国に行っているって話してある。実際、そういうことはあったからね。そんときは向こうの親に世話になったんだけど」

「うーむ、何も知らんのか」私は唸《うな》った。

事情が分かったときの大貴のショックの度合いを考えてみたが、こればかりは想像がつかない。ただ相当、気落ちすることだけは間違いない。

「それで、何があった？」

「まあ、仕事をもっと頑張りたい、とか、自由に生きたい、とか、あとはまあ、色々と……」

「色々？　ははあん、お前、もしかして、浮気でもしたんじゃないのか」

洋平は大きく舌打ちをした。

「おいおい、図星なのか」

「違うよ、オレじゃない」

「オレじゃない？　じゃあ何か、されたのか？」

「いや、まあ、そういうことかな……」

「何がそういうことかなだ。情けない。ま、それにしても帰国子女ってのは発展家が多いんだな。フリーセックス万歳ってことか」

「それは偏見だよ」

「経験と見識から判断したまでだ。大体、この期に及んで、まだあんな女のことを庇《かば》うのか。お前、まさか泣いて縋《すが》ったりしなかっただろうな。『オレを見捨てないでくれ』とかなんとか」

私は小芝居をしながらからかった。

「するかよ、そんなこと。未練なんかないよ。ただ、大貴がさ……」

洋平がちらりと大貴の様子を窺《うかが》う。

「ふーん、浪曲子守唄《うた》ってやつか」

「なんだ、それ？」

「昔の流行歌だ。逃げた女房には未練はなくても、ミルクをほしがる子どもが可哀想だって内容さ。結局は恨み節だけどな。ま、今のお前の立場を歌ったようなもんだ。それにしても、大概、子どもは母親が引き取るものだと思っていたが……。よく、親権を放棄したもんだな」

「なんだか愛情が持てないらしい」

「つまり、大貴は捨てられたってことか。あの女は見るからに母性が足りなそうな感じだったからな。よわったもんだ。だが、それでも向こうの親が放っておかんだろう？」

「向こうの親も、芹那が決めたなら、それでいいって話でさ」

「はあ、子が子なら親も親だ。随分と、あっさりした家族なんだな」

「いや、むしろ芹那の家族は妙なところで結束が固くって」

「それはそれで結構なことじゃないか。うちみたいにバラバラよりはな。オレはずっと仲間外れみたいな扱いだったし」

「それは父さんのせいでもあるだろう……。まあ、それはこの際いいよ。でさ、オレと大貴があのマンションを出ることになったんだ。あそこはさ、向こうの親から援助してもらって買ったものだから……。それに、芹那の好みで家具やら何やら揃えたもんだから、あいつが気に入っていて……」

嫁の実家などアテにするから、こんな目に遭うのだ。

「父子《おやこ》して追い出されるとは、情けないな」

「一ヶ月、身の振り方の猶予をもらったんだけど」

「猶予って……弱い立場だなあ。そもそも、なんでお前たちは所帯を持とうと思ったんだ。な、オレの勘は当たっただろう。だから言ったんだ、あれはやめとけって」

私は七年前のことを思い出した。


洋平が嫁となる女を連れて来たとき、ひと目でピンときた。これは家庭向きの女ではない、と。今のご時世、そんな言い方がまかり通ることもなくなったが、私の世代の男は、まずそういう見方をするものだ。

もっとも、私が結婚するわけではない。しかし、義理の娘となる女だ。品定めするくらいの権利はある。

胸元を大きく開け、きらきらと光った服。茶色に染めた長い髪の先をカールさせ、伸ばした爪が毒々しいピンク色に塗られていた。口元には、人を喰《く》ってきたような真っ赤な口紅。そういうタイプは昔〝水商売の女〟と呼んだものだ。

大体、結婚しようとする相手の父親に会うというのに、その出《い》で立ちはなかろう。清楚《せいそ》な服を持っていないものなのか。死語となってしまったが、なんというか、奥ゆかしさの欠片《かけら》も感じられなかったのだ。

「いつも、そのような洋服を？　いや、その、お仕事のときも」

かつては職場に秩序があったものだ。女子社員には制服があり、服ひとつをとっても公私の境目がしっかりと存在した。ところがＩＴとかいう連中がＴシャツにＧパンという格好で仕事をするようになった。しかも、代表を務めるという立場の人間までがそうなのだから、まったく理解ができない。

「はい。自分の好きな服しか着ないというのが私のポリシーなので」

ポリシー以前の問題だ。礼儀というものがあるだろう。礼儀は気遣いであり、人を騙《だま》すものではないのだから。だが、最近では一歩家の外に出れば、そんな格好をした若い女はゴロゴロいるが……。

「ふうむ、そうですか。失礼ながら、私はてっきり銀座《ぎんざ》にでもお勤めの方かと」

「ああ、ごめん、この人はそういうセンスのない人だから」

洋平が慌てて口を挟んだ。

「オッケー、私、フランクな人は嫌いじゃないですよ」

「フランクですか」

息子に〝この人〟呼ばわりされてカチンときた上に〝フランク〟とは、お笑い種《ぐさ》だ。

「父の仕事の関係で、アメリカの西海岸に十年近く住んでいましたので」

その顔はどこか勲章でも見せびらかすかのようだった。それがどうした？　父親の仕事の都合で海外生活を送っただけなのに、あたかもそれが偉いことのような口振りにむっとする。

私の勤めていた会社にも、時々、帰国子女と呼ばれる新入社員が入ってきたことがあるが、扱いには困った。大したこともできないくせに、ふた言目には「日本ではそうかもしれませんが、向こうでは」と住んでいた国の習慣を引き合いに演説を始めた。あの妙な自信の出所はどこなのか、ついぞ謎のままだ。

「そうですか。私は日本式……ああ、ジャパニーズスタイルを尊重しますので」

「もうそんな時代じゃないんですよ。グローバルですよグローバル。そんなことを言ってる人がいるので、日本は世界から相手にされなくなるんですよ」と、芹那は大声を出して笑った。

「知ってますよ、私も新聞くらいは読んでますからね。ただ……」

と、反論しようとしたが、無駄なことだと思い直した。そんな印象だ。息子の嫁、いや義理の娘として歓迎できるはずもなかった。

「生きていたら、いくらお前に甘い母さんだって、あの女との結婚は反対しただろうよ。おまけにこんな結果になって、あいつも悲しんで……いいや、相当呆《あき》れているだろうよ」

洋平は苦笑いを浮かべた。

「ま、そういう叱責《しっせき》も甘んじて受けるよ。な、そういうことだから、父さん、頼むよ。とりあえず、ここに置いてもらいたいんだ」

「うーん」と私はしばし腕組みをしながら黙った。

「お前だけなら突っぱねるところだが、やっぱりな、大貴のことは不憫《ふびん》だし、路頭に迷わせるわけにはいかない。それに、なんだかんだ言っても、オレの血も混じってる。ま、願わくは、あの女の血が薄ければいいと思うけど……。まあ、仕方あるまいな。許すとするか」

「助かるよ」

洋平はほっとしたように笑みを浮かべた。

「で、実は、引っ越しの荷物が来週半ばには届く手はずなんだ」

「そういうことは手回しがいいんだな」

押し掛け女房というのは聞いたことがあるが、差し詰め、洋平の場合は押し掛け息子というのだろう。

「あ、そうだ、幼稚園はどうした？」

「そっちは休ませて、託児所に預けてたんだけどさ。残業もあるし、それさえも迎えに行けなくてギブアップ」

共稼ぎをしていたのだから、そういうことの要領は分かっていそうなものだが、やはり男手ひとつで世話をするというのは至難の業か。男にしろ女にしろ、片親で子育てと仕事を両立させる人間はいくらでもいるが、洋平に限っては無理だろう。

「じゃあ、近所の保育園に入れ直した方がいいな」

「ああ、それがいいね」

近所に、娘と息子が通った保育園がある。そこの二代目園長、三好《みよし》とは碁会所仲間だ。今は、三好の娘が三代目園長として経営を任されている。

「ちょっと連絡してみるか」

私は携帯電話を手にすると、目を細めながら三好の登録番号を選んだ。

――あ、もしもし、三好さん、塚田《つかだ》だけど。いや、ちょっとお願いがあって。孫がうちで暮らすことになって、それでお宅の保育園に入れてもらえないかと。うんうん、はい、いや、そこをなんとかできないものかなあ。

溜息《ためいき》を漏らしながら携帯を切る。

「なんだって？」

「園児数がいっぱいなので、余裕がないらしい。順番待ちも相当いてな、そんな状態で特別扱いしたことが他の者に知られたら大問題になるとかで。碁会所仲間のよしみで、ひとりくらいなんとかなるだろうと思っていたが、甘かったかあ」

「待機児童って多いからなあ。うちの近所でもそうだったし」

報道ではよく見聞きする話題ではあったが、今更、そんなことが我が身に降り掛かってくるとは思いもよらなかった。

「仕方ないな、今通ってる幼稚園に行くしかないだろう」

「まあ、本人のためにも、それがいちばんいいけどね。仲のいい友達もいるし」

「じゃあ、お前が朝送って行け。オレは迎えに行く」

大貴が通う幼稚園まで、電車を乗り継いで四十分以上は掛かりそうだ。歩きの時間を加えれば小一時間といったところか。

「え、送りも頼むよ。会社と逆方向だからオレは遠回りになるしさ」

「ばかを言え。自分の子のためだろう」

「分かった、それじゃあ、それで手を打つよ」

「手を打つ？　妥協してるのは、こっちだぞ」

迎えに行くこと自体は然程《さほど》苦にはならないが、若い母親に交じって孫を待つというのは気が引ける。好奇の目に晒《さら》されるのも覚悟せねばならないだろうし。

「まあ、すぐに夏休みになるし。ちょっとの我慢だよ」

「そうか、夏休みなあ」

長い休みが始まれば、四六時中、孫と一緒にいなければならないのか。一体、毎日、何をして過ごせばいいものやら……。

その昔、私たち家族がお盆に帰省した際、父は洋平たちを一日中、川だ山だと連れ回し、魚釣りやカブトムシ採りに出掛けた。蚊に脚だの腕だのを喰われながらも、楽しかったようだ。子どもたちはぐったりと疲れて、扇風機の風を受けながら座布団を枕に寝入ったものだ。

　川や山のある田舎なら、そんなつきあい方もできるというものだが、ここは東京だ。近所の公園で遊ばせるのが関の山か。あるいは、庭でビニールプールに水を張り遊ばせるか。いやはや、先が思い遣《や》られる。

「あ、そうだ。メシのことも考えねばならんのか」

　妻が亡くなった後は、敦子が嫁に行くまで家事をこなしてくれていた。とはいえ、食卓で顔をあわせるのは朝飯のときだけで、帰宅時間のまちまちな家族は夕食を共にすることは稀《まれ》だった。大概はそれぞれ外食で済ませて帰宅した。私などは、行きつけの小料理屋に日を置かずに通ったものだ。なので、料理など不得手だ。

　私ひとりなら、好物の豆腐と漬け物さえあれば、あとはご飯と味噌汁《みそしる》程度で足りる。それに近頃では、スーパーやコンビニへ行けば、ひとり用の総菜を売っている。だが、きんぴらごぼう、ほうれん草の胡麻和《ごまあ》え……年配者向けの塩分控えめ総菜も並んでいる。だが、どう考えても、孫の好みに合うはずもない。

「お前、メシはどうしてたんだ？」

「コンビニ弁当とか、おにぎりとか、ファミレスとか。オレも料理はだめだから」洋平が首を振る。

「聞くまでもなかったか。お前をアテになんぞしちゃいないよ。そもそも母さんが、何かにつけお前を甘やかしてたから……。あ、そうだ、中学生まで、いや高校だったか、母さんに靴下まで穿《は》かせてもらってたものな」

傍で見ていて赤面するような場面に出会《でくわ》すことがあった。そんな調子だから、いつも誰かが助けてくれるものだと勘違いする男になってしまったのだろう。

もっとも、母親というものは息子に甘いものだ。ふと、私が大学に通っていた頃、上京した母が帰り際に「これで精のつくものを食べるんだよ」と小遣いを渡してくれたことを、ぼんやりと思い出した。

「父さん、どうした？」

「いや、なんでもない。ああ、そうか、お前たちの寝床をなんとかしなければならないな。天気もいい、夕方まで少ししか時間がないが、干さないよりはマシだろう。よし、押し入れから布団を引っ張り出すぞ、手伝え」

「やれやれ」と洋平は膝《ひざ》を立てた。

「おい、ひとつ言っておく、お前たちは客じゃないんだからな。そこんところをわきまえておけよ」

「はいはい、分かりました」

不満げにそう答える洋平の口調に、先が思い遣られると改めて頭《かぶり》を振った。

一階の奥座敷の押し入れから布団を取り出す。ビニールパックはしてあるものの、それでも随分と長い間、客用の布団など使っていなかったので、黴《か》びたりしていないかと心配したが、なんとか大丈夫そうだった。

「洋平、物干し場まで運べ」

私はさながら工事現場の監督といったふうに指示を出す。

洋平が面倒くさそうに首を捻《ひね》る一方で、大貴が駆け寄り「ボクもする」とビニールの端っこを持った。戦力になるわけではないが、その気持ちは少しばかり嬉《うれ》しい。

「よいしょ、よいしょ」と、大貴の掛け声に合わせて階段を上がる。親子三代の初めての共同作業が布団干しだ。だが、なんとなく悪い気がしない。

「こうなりゃ、ついでに部屋の片付けだな」

布団に陽を当てている間に、かつて洋平が使っていた部屋を掃除させることにした。

「うわ、腰が痛《いて》え」

洋平は掃除を始めて数分も経たないうちに、掃除機のスイッチを切って手を休めた。

「また始まったな」

「ん、何が？」

「お前のサボり癖だ」

「ちょっと腰を伸ばしただけだろう。ホント、いちいち口煩《くちうるさ》いよなあ」

私に頭を下げたのは、戻りたいがためのポーズだと分かってはいても、少しくらいは改心したのだろうと、心のどこかで期待したのだが……。もっとも、そう簡単に性格が変わるわけではない。ましてや長年の溝は容易に埋まらないというものなのだろう。

「だったら、ここで暮らすのやめるか？」にやにやと私は笑った。

「誰もそんなこと言ってないだろう」

ブツブツと文句を言いながら、洋平は掃除機を掛けた。

陽が傾く前に、布団を取り込む。触れた布団の表面はふっくらと柔らかかった。日差しっていうのは偉大だ。ぺしゃんこに圧縮されたものでも復元できるのだから。人間にもその効き目があればよいものだが……。

「ほら、大貴、触ってみなさい」

「うわあ、ふわふわだあ。お日様の匂いがする」

手で触れた後、ほっぺたを布団に擦り寄せた。

「お日様の匂いかあ、大貴、いいことを言うな」

そういえば昔、幼かった洋平が星空を見上げて「お星様のスイッチはどこにあるの」と訊《き》いたことがあった。そんな純真さなど、どこに消えてしまったものかと洋平の後ろ姿に目をやった。

「はい、掃除機掛け完了。あ、父さん、晩飯はどうする？　どっか食べに出る？」

「いや、それは億劫《おっくう》だな。何か取るか」

「じゃあ、ピザでも」

「ピザ？　だったら寿司《すし》にする」

「それなら大貴には納豆巻きと鉄火巻き。で、わさび抜きで」

そうか、わさび抜きかあ……。ちょっとしたことにも子どもへの配慮をしなければならないのだ。


出前が来る前に、被《かぶ》った埃《ほこり》を落とすために風呂《ふろ》を沸かした。洋平たちを先に入らせ居間で一服していると、風呂場から大貴の嬉々《きき》とした笑い声が響いてくる。これが人の気配のある生活というものだ。

「さて、いただくとするか」

届いた寿司桶《おけ》を座卓の真ん中に置き、三人で手を伸ばす。

「お、ニュースの時間だ」

私はテレビのリモコンスイッチを押した。

画面に目を向けると、私と同じ歳くらいの男がマスコミ陣に囲まれマイクを突きつけられ、ひたすら頭を下げている。幼い息子を虐待して死なせてしまった母親がいたが、どうやらその女の父親らしい。

こう言っては誤解を招くかもしれないが、他所《よそ》様の子どもを手にかけたわけではないのに「申し訳ありません」と詫《わ》びる姿に違和感を覚える。いや同情する。

親の顔が見たいとは言うが、この父親にどんな罪があるというのだ。むしろ被害者ではないか。大人になった娘の罪を詫びる必要などはない。しかし、それを世間は許さない。ただ一歩間違えば、洋平夫婦もこんなことをしでかしたのかもしれないと思うと背筋が寒くなる。

「お前んところが、あんなふうになってたら目も当てられなかったな」

「まさか。やめてくれよ」

「そんなことがどうして言い切れる。実際、愛情の持てない母親がいるだろう、身近にな。よかったな、大貴。お前、危なかったぞ」

つい、いつもの調子で軽口が出てしまった。

「父さん、子どもにそんなことを言うかな、フッー」

だが、当の大貴はきょとんとした目で私を見ているだけだ。胸を撫《な》で下ろす。

画面の中で「何が原因だと思います」と詰め寄られたその父親は「私たち親の育て方がなってなかったということなんです。ホントにすみません」と憔悴《しょうすい》し切った様子で言葉を絞り出した。記者たちはその通りだと言わんばかりに頷《うなず》いた。

「責めるのは簡単な話だ。こういう連中に訊いてみたいよ。じゃあ、誰が子育ての勝者なのかってな」

「なんか、言い訳に聞こえるなあ。ま、言えることは、父さんは、それについては負け組だってことだけど」

「減らず口を叩《たた》くな。大体、お前にそんなことを言う権利はない」

　思わず語気が荒くなった。と、大貴が「けんかはだめだよ」と割って入った。この子が新たなクッションの役目を果たすつもりなのか……。

「そうだな、けんかはだめだな」私はぎこちなく笑い返した。

「まあ、なんだな、若い連中に子育てができないと親たちは不満を漏らすが、実は代々、親が失敗してきたんだな、きっと。その結果が今の世の中っていうものだ」

　そう思うと、テレビの中で「申し訳ない」と詫びる、あの父親は正しいことをしているように思えてきた。

「気づいたときには手遅れってこともある。三十も半ばになった、一応、大人のお前を育て直すというのは無理だ。ならば、大貴は多少なりともまっとうに育てたいものだが……」

「あれ、随分とやる気になってるねえ。あんまりはりきらないでくれよ。寝込まれてもかなわないしさ」

「もうろく爺《じい》さん扱いするな」

「あんまり強がらない方がいいよ」

「ばかだな、お前は。年寄りから強がりをとっちまったら、立ってられないんだ」

　口に運んだ寿司のわさびがツンと鼻に抜けた。

「大体、お前に任せていたら、育つものも育たなくなる。朝顔ひとつ育てられないんだ、人間の子どもなど育てられるはずもないな」

「なんだよ、突然」

あれは洋平が小学校の何年生のときだったか、朝顔の生長観察という宿題が出た。遊びほうけていた洋平は水やりを忘れて枯らしてしまった。

「そんなことがあったっけ。カエルの子はカエルって言うからな」

「ホント、口だけは達者だな。確かにカエルの子はカエルだ。ましてや鳶《とんび》が鷹《たか》を生むなんてことは稀《まれ》な喩《たと》えだ。だが、カエルといえども侮れない。きちんと餌の捕まえ方くらいは教えてやらねば生きていけない。ゲロゲロと鳴くだけしか能のないカエルに育てても世間の皆様に申し訳ないからな」

「それってオレのことかよ？」

「気づいたか」私は気持ち良さそうに声を出して笑った。

「オレが面倒見るってことは、オレなりのやり方でやるからな」

「ああ、それはそれで任せるけど」

「大貴が成人するまでがんばったとして、八十を超えるか。もっとも生きていればの話だが」

「父さんなら、それくらいは楽に生きるさ。憎まれっ子世に憚《はばか》るって言うし」

今度は洋平が気持ち良さそうに笑った。

「洋平、接ぎ木って知ってるか？」

「ああ、木とか増やすやり方だろう？」

「ま、そうだ」

「それが？」

私の父は庭いじりが趣味だった。だから実家の庭にはいろんな種類の植木が茂っている。父が言うには、接ぎ木は台木の根から養水分を吸い取り接ぎ穂に送り、接ぎ穂は光合成で得た同化物質を台木に送り生長させるという手法らしい。すでに生長している台木は養水分の吸収力が高く、接ぎ木の育成は旺盛《おうせい》になるのだとか。

「ふーん、なるほどね。で、それが？」

「だから、酸いも甘いも知った人生経験豊富なオレの方が、お前より、少しはまともな養分を与えてやれるという話だ。あとは、大貴がきちんと光合成できるかだけどな。人間の親子っていうのもそういう関係なんじゃないのか」

同居話は、うまく洋平に乗せられてしまった感はあるが、これも仕方あるまい。子育てをやり直す機会がめぐってきたと思えばいいか……な、美津代。私は妻の写真に目を向けた。

「大貴、ちょっとこっちにおいで」

私は大貴に手招きすると膝《ひざ》の上に座らせた。久しく忘れていたぬくもりが伝わってきた。ふと一体感を味わう。

「責任重大ってところだなあ。まあ、がんばってみるとするか」

膝に掛かったその重みが、心地よく感じられた。

親子ごっこ

自販機で買った冷えた缶コーヒーを握りながら非常階段を上る。

屋上に出た途端、激しく照りつける日差しに、痛いくらいに目が眩《くら》んだ。

手のひらで風を遮り、取り出した煙草にライターで火を点《つ》ける。昼食後の一服は僕の日課だ。

吐き出した煙がたなびく柵《さく》の向こうには新宿のビル群が見え、東京の空の上には、雲ひとつない夏空が広がっていた。

「それにしても暑いなあ」と缶コーヒーを額に押し付けた。

世間や会社から追いやられた僕のような喫煙者にとっては、記録的な猛暑の夏、屋外での一服は、もはや命がけだ。こんな日には、冷房の効いた喫煙コーナーが恋しくなる。

以前はオフィスの片隅に喫煙コーナーが設けられていたが、五年程前、我が社の入ったこのビルが、屋内での喫煙を禁止すると同時に、社内にも喫煙スペースはなくなった。休憩時間に一服しようとすれば、八階のオフィスから非常階段を二階分上がって、やっと煙草をくわえることができる。

当初はベンチも置かれていたが、すっかり喫煙者が減り、ベンチは撤去された。残ったのは、円柱形をしたスチール製の灰皿だけだ。この場所もいつまで認めてもらえるのか、あやしいものだ。今までに何度も挫折《ざせつ》してきた禁煙を真剣に考えねばならないかもしれない。

「うちの会社のイメージもあるんだ。すぱっと止めたらどうだ」というのは、禁煙成功者の部長の弁だ。

僕は健康食品を扱う会社で仕事をしている。都内の大学を出て入社し十年、喫煙のことで上司から意見されるくらいで、あとはつつがなく勤めてきた。

「あらら、またサボってるね」

聞き慣れた声に振り向くと、ねずみ色の作業服姿の今井《いまい》さんが立っていた。

「なんだ、おばちゃんかあ」

僕は親しみを込めて、今井さんのことを〝おばちゃん〟と呼んでいる。今井さんは、このビルの掃除を請け負っている清掃会社の人だ。歳の頃なら六十半ばくらいだろうか。丸顔で人懐っこいところが、どことなく亡くなった母に似ている。

今井さんは襷《たすき》掛けしたバッグから煙草を取り出すと火を点けた。今井さんもここの常連なのだ。いや、今や絶滅寸前の同志といったところか。

「なんか浮かない顔してるね、夏バテ？」

「いや、大丈夫だよ」

僕は首筋に流れる汗を軽く手の甲で拭《ぬぐ》って答えた。

「ああ、そう。ちゃんと食べて、ちゃんと寝なきゃだめだよ」

今井さんは、ここで会うたびに僕のことを気に掛けてくれるのだ。そういう言葉にも母親を感じるのかもしれない。

「食欲もあるし、睡眠の方もボチボチね」

「この暑さは、まだ一ヶ月やそこらは続くのかね、イヤんなっちゃうねえ。あ、そうだ、夏休みはどうだったの？　温泉に行ったんだろう？　いいねえ、あたしも行きたいよ」

夏の休暇は社員同士が調整し合い、別々に休みを取るシステムだ。

「行ったんだけどね……。ま、結局、休みにならなかったよ」

「へえ、どうかしたの？」

僕は煙草をゆっくりと吸い込んだ。微《かす》かにチリチリと紙が燃える音がした。そして、口を尖《とが》らせると煙を空に向かって吐き出した。

「ねえ、おばちゃん、人生って何が起きるか分からないよね」

「人生？　また大きな話だね」

今井さんは、目尻《めじり》に刻まれた皺《しわ》を一層深くして笑った。

「実はさ、オレ……娘ができたんだよ」

「あら、そりゃあ、よかった」

今井さんは自分の息子にでも子どもができたように顔を綻《ほころ》ばせた。

「ん、でも、知らなかったね、奥さん、妊娠してたなんて聞いてなかったもんね」

「いや、それが……」

僕はそこまで言いかけて、一旦《いったん》言葉を止めた。

「ん、どうしたの？」今井さんが軽く顎《あご》を突き出すように尋ねた。

「うん、まあ、その……。ま、いっか、おばちゃんになら話しても……」

本音を言えば、誰かに話を聞いてほしかったのだ。

「こういう話はさ、身内の恥を晒《さら》すようで気が引けるんだけど」

僕はそう前置きをして続けた。

「実は、養女なんだ」

「養女？」

「と、いっても姉の娘、つまり姪《めい》っ子なんだけど」

「そうなの」

今井さんは、意外にも然程《さほど》驚きを感じなかったようだ。

「色々と事情があってさ」

僕は少しばかり自嘲《じちょう》気味に鼻から息を抜いた。

「うちの姉貴はろくでなしでさ。まともに子育てもできない人なんだよ。それで、見兼ねて引き取ったっていう感じかな。いや、姪っ子は可愛いんだ。あ、いや、もう娘か……いや、まだだ。ああ、どっちでもいいんだけど」

とっ散らかった物言いの僕に、今井さんはやさしく笑い掛けながら何度か頷《うなず》いた。

「でさ、いきなり五歳の子の父親になったわけだから、戸惑いもあってね」

四日前、僕は妻の陽子《ようこ》と、レンタカーを借りて箱根《はこね》の仙石原《せんごくばら》へ向かった。

五月の連休にはどこへも出掛けなかったのだからと、夏休みは温泉でのんびり過ごすことにしたのだ。

「奮発して、二泊だな」

「美味《おい》しいもの食べて、温泉に浸《つ》かって」

途中、御殿場《ごてんば》のアウトレットモールに立ち寄り、ブラブラとショップ巡りをし、軽めの昼食を摂《と》った後、箱根に続く道路を辿《たど》った。

やがて仙石原の街並みが見えてきた。三叉路《さんさろ》を入り、早川《はやかわ》に架かる橋を渡ると、左手にシックなレンガ張りの建物が見えてきた。今宵《こよい》の宿だ。

玄関に車を横付けすると、スーツ姿の男性スタッフが車のドアを開けてくれた。エントランスから漂う高級感に気後れしそうになったが、同時に贅沢《ぜいたく》な気分も味わえる。

このホテルは会員制で、我が社はその法人会員だ。一般客も宿泊はできるが、会員は手ごろな料金で利用できる。だから、うちの社員はその恩恵に与《あずか》れるのだ。とはいえ、僕は初めての来館だ。

午後二時とチェックインタイムには一時間早かったのだが、待たされることはなかった。案内された洋室は五階で、広々とした室内は程よい冷気に包まれていた。

「早速、ひと風呂《ふろ》浴びるとするか。今の時間なら、きっと貸し切りだぞ」

「いいわねえ」

僕たちは浴衣《ゆかた》に着替え、大浴場へと向かった。が、やはり少しばかり時間が早かったのか、入り口に掛かった暖簾《のれん》の下に〝清掃中〟の立て札があった。

仕方なく部屋に引き返そうとして、ふと〝足湯〟というプレートに気づく。矢印が示す方向の中庭に、どうやら足湯があるようだ。

「ねえ、足湯に浸かって待たない？」

陽子の提案に異存はなく、僕らは用意された下駄《げた》を引っかけ、中庭に出た。

緑の葉を茂らせるかえでの並ぶ小径《こみち》を進む。木々の隙間をぬって吹きつける風が心地いい。蟬の鳴き声を聞きながら、敷かれた玉砂利を踏むたびにシャリシャリと小気味よい音がする。

東屋風《あずまや》とでもいうのだろうか、四本の柱に支えられた屋根の下に足湯はあった。浴衣の裾《すそ》をたくし上げ、脹《ふく》ら脛《はぎ》まで湯に浸ける。

「ふああ、これだけでも充分気持ちがいいなあ」思わず声が漏れる。

すると、前方から「パパ、ママ、きゃははは」という子どものはしゃぐ声が聞こえた。足湯の目の前にプールがあるのだ。

その声に誘われ、植え込みの間から覗《のぞ》き見ると、大きな浮き輪にしがみつくピンクの水玉柄の水着を着た小さな女の子の姿があった。

父親がふざけて女の子へ水を掛ける。その度に女の子は楽しそうに声をあげる。

「ママ、見て」

パラソルの下に置かれたデッキチェアに背中を預けた母親はにこやかに手を振り、時折、スマートフォンで写真を撮っている。そんなありふれた光景を眩《まぶ》しく感じたのは、夏の日差しのせいだけではない。もし、僕らにも子どもがいたら、あんなふうに夏の主人公になれたのかもしれないという想いが頭を過《よぎ》った。

「ごめんね……」

隣から陽子の声が聞こえた。

「ごめんね、私のせいで……」

陽子の言わんとすることはすぐに分かった。僕の表情から胸の内を察したのだろう。少し迂闊《うかつ》だったと、返す言葉に詰まった。

「私のせいで……」

陽子はそっと下腹に手を当て、その辺りに目を落とした。

陽子は二度の流産という辛《つら》い経験をしている。医師からは、この先、妊娠出産は難しいものがあると告げられているのだ。ただ、可能性がゼロになったというわけではないらしい。

「陽子のせいじゃないよ。まだ、これからだって……。なーに、大丈夫だって」

気休めにしかならないと思いつつ、僕は努めて明るく振る舞った。

「うん、そうかもしれないけど……。でも、私、寛《ひろし》より年上だし……。もし若い人と結婚してたら、時間にも余裕があるわけだしね」

陽子は僕より三つ年上の姉さん女房だ。

「まだ三十五だろ。今はさ、もっと歳とってから出産する人だってたくさんいるわけだし。まだ……」

陽子は切ないような笑みを浮かべると「うん、そうだね」と口元を結んだ。その顔は納得したのではなく、どこかあきらめのような気配を漂わせていた。

「もし、もしもさ、このまま恵まれなかったとしても、それはそれで仕方ないことだよ。縁がなかったってことにしようって話しただろう。それにさ、オレは陽子が好きで一緒になったんだ。子どものことは関係ない」

とは言うものの、結婚を意識した頃から、家族が増えた一家団欒《だんらん》の図を想像することはあった。

「子どもは一姫二太郎……。いや、三人いてもいいよな」

「経済的にそんなには無理よ、ひとりっ子は可哀想だけど……」

昔、デートの最中に、そんな会話をしたものだ。

子どものいる同僚たちと飲んだりしているとき、子どもの話題になると疎外感を感じることもある。陽子も親しい友人たちが相次ぎ出産をし、子育ての奮闘ぶりを聞かされることもあるようで、取り残された感はつよいようだ。

五分、十分……いや、もっと長い間、僕らは時折、湯を混ぜるように足先を動かすだけで黙っていた。

「さあて、もう掃除は終わったかな」

「あ、ああ、そうね」

僕たちは東屋を出て、大浴場へと戻った。

露天風呂で手足を伸ばしながら、本来は解放感を満喫するはずが、さっき見た陽子の淋《さび》しげな顔がふと頭に浮かび、気分はどこか晴れ晴れとしなかった。


翌朝、朝食をレストランで摂って部屋に戻り、何気なくテレビをつけた。女性アナウンサーは「おはようございます」と挨拶《あいさつ》をし、ニュース原稿を読み始めた。

『子どもを虐待し、殺人の罪で起訴されている桐谷《きりたに》被告に対して、検察側は八年の懲役を求めました』

我が息子を虐待し、死なせてしまった母親に対して求刑が出たようだ。

「それで八年なのか」

思わず言葉が口をついて出た。この手のニュースが報道されるたびに遣《や》り切れない思いになる。

「じゃあ、判決だともっと短くなるのかしら」

「まあ、量刑は求刑の八掛けって言うからなあ。おそらく、六年くらいの判決になるんじゃないか」

陽子は深い溜息《ためいき》をつくと首を振った。

「そんな人のところに子どもが生まれて、間の悪いニュースを聞いてしまったと困惑した。

昨日の今日で、どうして……」

と、バイブ音が聞こえた。ソファの隅に無造作に置いておいたバッグの中から、スマホを取り出すとメール着信の知らせがあった。

「なんだよ、通販のメルマガか。ん、あれ、通話の着信……。留守電もか」

番号は姉のものだった。いつあったんだ？　昨夜《ゆうべ》の八時かあ……。

その時間は夕食を摂っていた。折角の食事を邪魔されたくなくて、スマホは部屋に置いて出たのだ。その後、スマホを手にすることはなかったから着信に気づかなかった。

なんの用事があったんだ？　嫌な予感がした。

姉は二度結婚し、二度離婚を経験している。最初の結婚は二十代の半ばだった。だが、その生活は二年と保《も》たなかった。そして間もなく二度目の結婚をし、娘が生まれた。しかし、一年半前、また離婚をした。

行き来があるわけではないので、姉弟《きょうだい》といえどもお互いの暮らしぶりなど分かりはしない。大概、連絡がくるとすれば、酔っぱらって愚痴をこぼすか、金を無心するときくらいだ。一年前に会ったときは、部屋を借りるのに敷金が不足しているとかで、その金を借りに、娘を連れてひょっこりと会社近くまで現れた。

だから、姉から連絡がくるときは決まってロクなことがない。そう思いながらもメッセージを再生した。

――寛、あたしだけど。心美がひとりでうちにいるから見に行ってくれない？

心美は姉の娘だ。心が美しいと書いて〝ここみ〟と読む。どんな願いを込めて名付けたのか……。

「おいおい、どういうことだよ？」

僕は大きく鼻から息を吸うと、少し唸《うな》るようにして、それを吐き出した。驚いたのではない、呆《あき》れたのだ。悪いことの予測が的中するというのはなんとも悲しい、いや切ない。

「どうしたの？」

「姉貴からメッセージが入っててさ。それがさあ……」

僕はメッセージの内容を陽子に教えた。

「すぐ電話してみたら」

「ああ、そうだな」

僕は姉に電話を掛けた。三度、掛け直したが結果は同じだった。留守番電話サービスセンターの応答メッセージに切り替わるだけだ。

「だめだ、出ないよ」

「ねえ、もしかして、お義姉《ねえ》さんがいないってことは、心美ちゃん、ひとりでいるってこと？」

姉は携帯電話しか持っておらず、うちには固定電話がない。

「さすがに……」と言い掛けて、その先に続く自分の考えを否定した。あの姉なら、娘をひと晩放置するくらいのことはやりかねない。

「心美ちゃん、大丈夫かしら？」

僕は考えを巡らせたが、少しばかり混乱して、どうしていいのか分からない。

「ねえ、東京に戻ろう。そうしよう」陽子が立ち上がった。

「いや、まあ……」

「もしも、もしもよ、その……。そんなことがあっちゃいけないけど、心美ちゃんに万が一のことでもあったら……」

そう言われると胸がざわつく。まったく自分には非がないにもかかわらず、何か悪事の共犯者に仕立てられた感じもする。

「ああ、そうしよう」

慌ただしく身支度をし、二泊目のキャンセル料を含め支払いを済ませるとホテルを後にした。

「ごめんな、折角の箱根が台無しになって」

今日は芦ノ湖《あしのこ》まで足を延ばし、遊覧船に乗ってみようなどと話していたのだ。姉のせいでとんだ夏休みになってしまった。期せずしてまた溜息が出た。

「ううん、そんなことはいいのよ。それにしてもどういうことなのかしら？」

車中であれこれと話し合ってみたものの、それは憶測に過ぎず、焦燥感が募るばかりだった。


姉が住む板橋に着いたのは十時過ぎだった。

商店街の狭い敷地に設置されたコインパーキングに車を入れた。

早くも気温は三十度を超えているに違いない。外に出ると汗が噴き出した。

住所は最後に会ったとき、渡されたメモを財布に仕舞っておいたので分かるが、実際に訪れたことはないので、電柱の番地表示や他所《よそ》様の表札を確認しつつ、姉の部屋を探した。

「あ、ここだ」

路地裏に建つその建物は、白壁の三階建てだった。マンションとアパートの中間といった佇《たたず》まいだ。一〇一号室。郵便受けで名前を確認する。どうやら、ここで間違いないようだ。

オートロックらしきものは何もなく、そのままエントランスから外廊下へ入ることができた。

ドアの前に立ち、何事もなく、とにかく心美が無事でいてくれれば……。そう願いつつ、部屋のチャイムを鳴らした。すぐに内側から足音が聞こえた。

「だーれ？」

子どもの声がした。

「心美ちゃん？　おじちゃん、寛おじちゃんだよ。ママの弟の」

ドアがゆっくり開いて心美が顔を覗《のぞ》かせた。

「おじ……ちゃん？」

一年振りに会った心美は背が伸び、長くなった髪をポニーテールに結んでいた。

「よかった」

「ええ」

僕と陽子はほっと胸を撫《な》で下ろした。だが、姉の姿はなかった。

「部屋に上がっていい？」

「うん、いいよ」

僕らは玄関から台所を通り、部屋に入った。中はエアコンがつけてあるせいかひんやりとしていた。

ざっと室内を見回す。１ＤＫだろうか。散らかった様子はない。ただベランダには洗濯物が干しっ放しになっていた。ここが姉と心美の住処《すみか》かあ。

厄介者の姉とはいえ、時々、その暮らしぶりは気にはなった。離婚してからは、娘を抱え、一体何で生活費を得ているのかと……。でも正直なところ、僕も日々の忙しさにかまけ、普段は忘れていることの方が多い。顔の見えない場所にいるというのは、そういうことなのだ。

「心美ちゃん、おなかはすいてない？」

「おかしたべて、ジュースのんだ」

心美が指差すローテーブルにペットボトルとスナック菓子の袋が載っていた。

「心美ちゃん、ママはどこに行ったの？」

心美は交互に首を傾けるだけで何も答えようとしない。

「いつもママは心美ちゃんを置いていくの？」

この問いにも同じような仕草を繰り返し、答えようとしない。

僕が心美の肩に手を載せようと指先を伸ばした瞬間、心美は咄嗟《とっさ》に自分の手で顔を隠した。明らかな防衛反応だ。だが、その後に見せる、なんとも媚《こ》びたような笑顔が切ない。まさか……。

陽子もピンときたのか「心美ちゃん、ちょっとごめんね」と言うと、黄色いTシャツを捲《めく》った。僕たちは息を呑《の》んだ。肩から背中にかけていくつもの青あざがある。

「姉貴に……いや、ママに叩《たた》かれたの？」

「ううん、たたかれてないよ」

心美は大きく首を振って否定した。

「じゃあ、叱られることはある？」今度は陽子が問い掛ける。

「うん。でも、ここちゃんがごはんとかこぼすダメな子だから、そういうときはちょっとしかられる」

陽子と顔を見合わせた。出てきたのは言葉ではなく重い溜息《ためいき》だった。

おそらく何を訊《き》いても、姉に不利なことは言わないつもりなのだろう。

「ひとりでお留守番してたんだ、偉かったね。でも、淋《さび》しくなかった？」

「うん、ミミちゃんといっしょだったから、ねえ、ミミちゃん」

心美はミニーのぬいぐるみに話し掛けた。

「ここちゃんのいもうとなの。でも、ときどき、ここちゃんのあかちゃんにもなるんだよ」

心細くないわけがない。ひと晩中、泣き明かしてもおかしくはない。

と、後方でドアの開く音がした。振り返ると姉の姿が玄関にあった。そして「ただいま」と何事もなかったかのように部屋に上がった。

「ママ」と嬉《うれ》しそうに心美が駆け寄る。ひと晩、放ったらかしにされていたのに、笑顔で出迎える姿が不憫《ふびん》だ。

「ここ、ちゃんとお留守番してた？」

「うん」

「えらいじゃん」と姉は心美の頭を撫でた。

「えらいじゃんじゃねえだろう。何やってんだよ」僕はふたりの間に割って入った。

「あ、寛、いたんだ？」

「なんだ、その言い草は。それにな、電話くらい出ろよ、何度も掛けたんだぞ」

「バッテリーが切れちゃったんだからしょうがないだろ。ホント、スマホって保《も》たないよね」

謝りもせず、姉はスマートフォンを憎々しげに見た。

「子どもを放ったらかして、どこ行ってたんだ？」

「横浜。昨日のうちに戻る予定だったの。だけど、ちょっと、その、泊まっていかないかって言われて」

男と一緒だったのか。想像の範囲内ではあったが……。

僕は「心美ちゃん、ごめんな、ママとお話ししたいんだ。おばちゃんと向こうに行ってくれる？」と部屋の隅を指差した。姉との会話を聞かれたくはない。

陽子が心美の背中を抱くように部屋の隅へ移った。とはいえ、狭い部屋だ。普通の声で話せば聞こえてしまう。僕は声を押し殺すように言葉を出した。

「少しは世間体を考えろよ」

「ふん、父さんみたいな口振りだね。まったく、父さんもあんたも、外面がいいからね。世間体ばっかり気にして」

父と姉は不仲が続いている。

実家は千葉にあり、父は県庁勤めをしていた。生真面目な性格で子どもたちに対して厳格であった。特に母が亡くなってからは、厳しさが増したかもしれない。

姉と父の間に溝ができたのは、不良仲間とつるみ、駅前に止めてあった自転車を勝手に乗り回し、夜中の街で補導されたのが最初だったか。父は引き取りに行った交番で、姉を平手打ちしたようだ。姉は仲間の前で叩かれたことを恨みに思っている。それからはよくある堕落の道を歩んだ。高校を中退し、家出同然で東京へ出た。父とは、それ以来、顔を合わせたことがないはずだ。

そんな姉だが、僕が小さい頃はよく遊び相手をしてくれた。公園のジャングルジムから落ちて膝《ひざ》を擦りむいたとき、姉は僕をおんぶして家まで連れて帰ってくれたことがある。そういう記憶が微《かす》かに残っているものだから、今の状態を快くは思っていなくても邪険には接してこなかったのだが……。

「しっかりしろよ。身勝手なことばっかりやって、その度にオレが振り回されたんじゃかなわない」

「お前なんかに頼りたくなかったさ。でも、他にアテがなかったんだからしょうがなくてさ。それに通報でもされたら、また面倒なことになるし」

「また?」

「ここの住人にお節介なやつがいて、前に警察に通報されたんだよ。あの子が聞き分けがなかったんで、ちょっと叱ったら泣き止まなかったもんだからさ。まったくっ。あいつら、しつこいったらありゃしない。おまけに、その後、児相の連中もやってきて、根掘り葉掘り訊くんだ。ま、追い返してやったけど」

「追い返さないとマズいことでもあったんじゃないのか」

「何が言いたいの？」

「見たよ、心美の身体のあざ。あれはさ……」

「躾《しつけ》だよ、躾」

虐待を正当化するために、言い逃れをしようとする親たちの常套句《じょうとうく》だ。

「それにしたって限度ってもんがあるだろう」

「バカ言うんじゃないよ。子どもっていうのは口で言っても分からないときだってあるんだ。子どもを育てたこともないお前がいっちょまえの口を利くんじゃないの」

姉に何を言っても聞く耳持たずだ。

「ねえ、陽子さん、あんたもさっさと寛の子どもを産んでやってよ。そうすれば、少しは分かるんじゃないの、子育てが大変だってことが」

陽子の顔色が変わるのが分かった。

「おい、何を言ってんだよ。陽子はな……」

僕は気色ばんだ。

「何よ、恐い顔して」

姉に理由など言えるはずもない。僕は握った拳《こぶし》に力を込めた。

「とにかく、心美が可哀想だろ。少しは母親らしくしろよ」

「マジ、ムカック。そんなに、可哀想だ可哀想だって言うなら、いっそのことくれてやるよ」

姉はふて腐れた態度でそう言い放った。

「やるよって、子どもはモノじゃないだろうが」

「ふーん、ただでくれてやるなんて言ってないし。そうだねえ、五十万、いいや百万で売ってやるよ」

開いた口が塞《ふさ》がらず、黙っていた。

「無責任なことばっか言って。お前たちは言うだけで実際には何もできないんだ」

姉は大きく舌打ちをして顔を歪《ゆが》ませると、今度は不敵な笑みを浮かべた。

「はい、もう帰ってくんない」

姉は僕たちを追い払うように手を振った。

姉の部屋を後にして帰る道で、なんとも打ちのめされたような苦い思いを嚙《か》み締めた。

敗北したわけではない、なのになぜ……。

「ねえ、こんなこと言い出したら気が触れたんじゃないかって心配になるかもしれないけど、私は至って冷静で正気だから、驚かずに話を聞いて」

陽子はそう前置きするとひと呼吸した。

「神様がいるとして、私たちに子どもを授けないのは何か別の意図があったんじゃないかって気がするのよ。そう、心美ちゃんを私たちが救うってことだわ。ううん、育てなさいってことなのよ。こんなに大事なことを、こんなに簡単に決断してもいいのかって言われるかもしれないけど、時間を掛けて考えても、答えは同じだと思う。お義姉《ねえ》さんが買えというなら買いましょう。もしそれでひとりの女の子を救えるなら安いもんだわ。ねえ、そう思わない」

陽子の横顔に、強い意志を感じた。

翌日の午後、陽子を伴って再び板橋まで出向いた。近所のファミレスで姉と待ち合わせをするためにだ。

先に着いた僕たちは、他の客から目に付きづらい奥のボックス席に陣取ることにした。遅れること三十分、姉は心美を連れて現れた。

「一体、何？　こんなところに呼び出して」

「まあ、座れよ」

姉はいかにも面倒臭そうに僕と向かい合わせに座った。

僕は陽子に軽く目配せをした。

「ここちゃん、ママはおじちゃんとお話があるの。おばちゃんと向こうのテーブルでパフェでも食べて待っててようね」

陽子に促された心美は、一瞬不安げな顔をして姉の顔を見た。

「いいよ、行って」

姉にそう言われ、心美は「う、うん……」と返事をすると陽子と手を繋《つな》いで別のテーブルへ移った。

姉は通りかかったウエイトレスに「あ、ちょっと、ビールちょうだい」と声を掛けた。

「おいおい、昼間っから飲むのかよ」

「関係ないだろう。いちいち小煩《こうるさ》いよねえ。で、用って何？　あたしは忙しいんだから」

昼間から酒を飲むような人間がまともな用事で忙しいはずがない。

「オレだって暇じゃない。好き好んでここに来てるわけじゃない」

「じゃあ、さっさと用件を言えば」

「ああ、そうだな。ほら、これ」

「ん？」

「金だよ。これで心美を買う」

姉の前に銀行の封筒を丁寧に置いた。本当は姉の横っ面に叩《はた》き付けてやりたい気分だったが、心美を迎え入れるのに、そんな真似をしては後々後悔すると踏み止《とど》まったのだ。

「ああ、そういうことね」

「心美に犯罪者の娘っていうレッテルを貼らしたくないからな」

「揃いも揃って偽善者ぶって」

姉は表情のひとつも変えず、反っくり返ったまま手を伸ばすと、封筒から帯封で束ねられた札を出し、数えようとした。

「確かめなくても、きっちり百万あるよ。オレはあんたみたいに、そういうところでごまかしたりしない」

姉は薄笑いを浮かべると、封筒に戻した現金をバッグに仕舞おうとした。僕は「待てよ」と身を乗り出した。

「何、惜しくなったの？」

「バカ言うな。仕舞う前にきちんとしてもらいたいことがある」

姉は「どうしろって言うの」と得意の舌打ちをした。

「これに署名と捺印《なついん》……と、いっても、ハンコなんか持っちゃいないか、じゃあ、拇印《ぼいん》でいいから押してくれ」

僕は折り畳んであった紙をテーブルに広げ、その上にボールペンを置いた。

「養子縁組を承諾するっていう誓約書だ。正式な手続きは、時間もかかるし、そんなことは待ってられない、だから、とりあえず」

「そりゃあまあ、随分と御丁寧というか、手回しのいいことで」

「金だけふんだくられたんじゃ、たまんねえからな」

鼻で笑うと、姉は何度か頭《かぶり》を振った。そして少しも躊躇《ためら》う様子を見せず、あっさりとサインと拇印を押した。

「これでいいんだね」

「ああ。これで、心美はオレたちの〝モノ〟だ。買い戻しはできないし、今後、二度と会うことも許さない。親権っていうのなら、会う権利は残るかもしれないが、あんたはモノだと言った。だから、所有権と言った方がいいだろう。その所有権はオレたちのものだ。それから、ここではっきりと言っておく、オレはあんたと姉弟《きょうだい》の縁を切る。ふたりっきりの姉弟だから、助けてと言われれば、そんなばか姉貴だってオレなりに手を差し伸べてきた。でも、もう無理だ。あの子のしあわせを考えたら、そうするしかない。店をひと度出たら、もう二度と会うことはない。今後何があっても決して顔を出さないでくれ」

「はいはい。会わなきゃいいんでしょ、会わなきゃ」

胸の片隅に、もしかしたら最後の最後には『娘を売るなんて冗談に決まってるだろう。あたしがちゃんと育てる』などと親らしさを見せるのではないかという微《かす》かな期待がなかったわけではない。どうやら、姉は完全に壊れてしまったのだと泣ける思いがした。

すると、ガラス窓の外が俄《にわか》に暗くなると、雷鳴が轟《とどろ》き、表通りに叩きつけるような激しい雨が降り出した。

「見てみろ、空だって怒ってるぞ」僕の口からそんな言葉がついて出た。

姉は一度外に視線を向け、そして少し目を伏せると「ねえ、寛、あんた知ってる？」

と口を開いた。

「何を？」

「ああやってひとたび降り始めたら、もう絶対に止められない。そういう雨がさ、あたしの中にも降るんだ。そしたら、どうにも手がつけられない。どうにもね……」

「何が言いたいんだ？」

「ふん、優等生のあんたには分からないかもねえ」姉は鼻で笑って続けた。

「ま、いいか。あの子の心にああいう雨が降らないように……汚れた道を歩かなくて済むように、まあ精々、しあわせにしてやってほしいもんだよね」

顔を上げた姉は大声で笑った。皮肉の籠《こも》った響きもあったが、どこか憂いのようなものが感じられたのは、気のせいだったのだろうか。


「なるほどねえ、そんな事情があったんだね」

屋上に設置された浄化槽の影が、僕と今井さんの頭上を覆った。日差しが遮られて、ほんの少し暑さが和らいだ気がする。

「ね、酷《ひど》い姉貴だろう？ ま、それでもさ、子どもの頃はやさしかったんだけどね。それがどうして、ああなっちゃうかなあ……」

「あんた、お姉さんのこと好きなんだね？」

「いやいやいや、そうじゃなくて」と、僕は大袈裟《おおげさ》に手を振って否定した後「いや、うん、ま、確かに昔は、そうだったかもしれないけど……」と付け加えた。

今井さんに経緯を話している間、指に挟んだ二本目の煙草を吸うこともなく、気づけばフィルター近くまで短くなっていた。

「で、もうその子とは一緒に住んでるの？」

「そうだよ。ただ、本人はしばらくの間、うちに預けられてるんだと思ってるんじゃないのかな。本当のことはまだちゃんと話してないから。まあさ、怒りとかに任せて、その勢いもあって引き取ってはみたものの、あの子が『ママどうしてるかなあ』とか言い出すと、これでよかったのかなあって考えちゃうんだよ」

「悔やんでるの？」

「ああ、もしかしたら、そんな気持ちもあるのかな。自分でもよく分からない」

「ぶたれても蹴《け》られても、親といる方がしあわせだって言う人もいるようだけど、あたしはそうは思わないね。痛めつけられて酷い目に遭わされて、そんなことがいいわけがない。だから、引き取ってあげてよかったんだよ」

「そうだといいけど」

「もうどうすんのよ、そんなことで。子育てなんて、こうじゃなきゃいけないなんて方法はないんだよ。もっとも、お姉さんみたいに、その、なんだよ、躾《しつけ》だとか言っていつも手を出すってのは論外だけど。でもね、自信満々の親っていうのも、どこか身勝手になっちゃうもんだし、毎日さ、悩んで悩んで、それでもちゃんと向き合ってれば、いつか子どもだって分かってくれるときもくるし」

「そんなもんなのかなあ」

僕は半分頷《うなず》いてみせながらも苦笑いを浮かべた。

「あたしはなんの学があるわけでもないけど、一応、経験者だからね」

「うん？」

「あたしには、息子がふたりいるんだよ」

今井さんは襷《たすき》掛けしたバッグから財布を取り出すと、パウチされた写真を二枚出した。

「こっちが長男家族、で、こっちが次男家族。長男は日本橋《にほんばし》のデパートに勤めてて、次男は銀行員。今、博多《はかた》に住んでるんだよ」

写真を愛《いと》おしそうに眺める今井さんに、これがきっと母親の顔というものなのだろうと感じた。

「でね、実はあたし、長男とは血が繋《つな》がってないんだよ」

「え、そうなの？」

「旦那《だんな》の連れ子。前の奥さんとは死別で、この子が三歳のときに、あたしは旦那と結婚してさ。あたしは初婚だったんだけどね。なかなか懐いてくれなくて困ったんだあ……。まま、でも、そういうことも覚悟の上で一緒になったわけだし。そして直に次男が生まれて。分け隔てなく育てたつもりなんだけど、長男が中学でぐれかかってさ。反抗期でもあったんだろうけど、よくけんかしてね。その度、学校に呼びだされて、随分と頭を下げたもんだよ」

今井さんは視線を遠くへ向けた。

「ところが、上が高校、下が中学のとき、旦那が身体を壊して、あっけなく逝っちまって。生活が苦しくなったんだよ。でも頑張ったよ。この仕事の他にも掛け持ちで、コンビニの弁当を作る工場の夜勤に出たこともあった。ただ、それがたたって、過労で倒れちゃって。ま、大事にはならなかったんだけど。そういう姿を見たせいか、ふたりとも急に親孝行になっちゃって、ははは。勉強だって頑張り出してね。ふたりとも大学へ進んだんだよ。もっとも、学費を満足に出してやれなくて実家から借りたり、あとはあの子たちがバイトして足しにしてくれたんで助かった」

どこの家族にも平坦《へいたん》ではない道程というものがあるのかもしれない。

「長男がね、最近……。『母さん、オレたちと一緒に住まないか』って言ってくれてさ。それはできないよって断ったら『オレは息子だよ、しかも長男だし、親の面倒を見るのは当たり前だろう』って言うんだよ。自分たちの暮らしだって大変だろうにね。だから、元気に働けるうちはひとりで頑張るよって言ったんだけど、なんか嬉《うれ》しくって涙が出たね。こう、なんていうのかな、育ててきてよかったなあって思えてさ」

今井さんは指先で目尻《めじり》を拭《ぬぐ》った。

姉と今井さんの長男の差はどこにあったのだろう。もし母が生きていたら、いや姉の周りに今井さんのような人がいてくれたら、姉はあんなふうに堕《お》ちていかずに済んだのだろうか。

「血なんか繫がってなくても親子になれるんだよ。ましてや、あんたとその子の場合は、血縁の仲だし。懐いてもくれているんなら、大丈夫だよ。それに、奥さんもいるんだ。両親が揃ってるんだから……。だからさ、あんたが迷うことなく接してやれば、きっと思いは通じるよ」

「そうかもしれないね。ま、当面はおままごとっていうか、親子ごっこみたいなもんかもしれないけどさ」

「いいじゃないの、ままごとだろうと、親子ごっこだろうと。それでしあわせなら大丈夫だよ、きっと。一生懸命育てれば、気づいたときには、本物の親子になってるから」

「本物かあ……」僕は思わず天を仰いだ。

八月の空は青く果てしなく続いていた。

「これからは、何かと子育ての悩みをおばちゃんに相談してみようかな」

「あたしみたいなお節介おばさんだって、たまには役に立つことだってあるんだよ。ま、もっとも、しつこくしちゃうと嫌われちゃうけどねえ。口出すのも、塩梅《あんばい》っていうのが難しいからねえ。こんなあたしでよかったら、なんでも言ってちょうだい。何ができるってわけじゃないだろうけど、話せば意外とラクになれるかもしれないし」

「ああ、そうするよ」

確かに、話を聞いてもらって、少しばかり心が軽くなった。

「オレもいつか〝ごっこ〟を卒業して、本物の父親になれるかなあ」

「なれるよ、きっとなれるよ。お姉さんの分までね。だから、奥さんと協力し合って頑張りなよ」

姉さんの分まで……。なぜか、姉におんぶをしてもらった日のことが胸に蘇《よみがえ》った。

「そ、そうだね、じゃあ、頑張って……みるかあ」

「なんだか頼りないねえ。ほら、しっかりしなよ、お父さん」

今井さんに背中をどんと叩《たた》かれた。

「痛いなあ」

「これこそ、愛の鞭《むち》ってやつだよ」と、今井さんは声を出して笑った。

叩かれた背中の痛みが、なんとなく心地よかった。

愛情ボタン

まだ夜も明け切らぬ朝方、枕元に置いたスマートフォンの振動を感じた。寝ぼけながらも手探りでそれを摑《つか》み、耳に当てた。

――あ、もしもし、もしもし、佳代子《かよこ》？

うわずった声の主は栃木の母だった。

――え、お母さん？　どうしたの、こんなに朝早く……。

――おばあちゃんの容態が急変したの。今、お母さん病院にいる。

――えー、そう、おばあちゃんが……。

頭がうまく回らず、少し沈黙した。だが、その意味が理解できると私はベッドの上に飛び起きた。

――で、どんな状態なの？

――うーん、今度ばかりは……。もう意識はないみたいだけど……。

母の声の調子で深刻そうな事態であることは分かった。

九十歳になる祖母は、体調を崩し、しばらく入院生活を続けている。

祖母は比較的、丈夫な人だったが、八十三歳くらいだっただろうか、腎臓《じんぞう》を患って初めて入院を経験した。二年程、入退院を繰り返すうちに、すっかり足腰が衰え、それから三年が経つと、歩行が困難になり、車椅子での生活となった。

幸いにしてと言ってよいものか、身体の自由は利かなくなったが、頭はしっかりしていて、お盆や正月に帰省した折、実家の奥の座敷で養生する祖母を見舞うと、私たち家族がする他愛ない話に嬉《うれ》しそうに耳を傾けた。

身体は痩《や》せ細るばかりで、更に時が経つと、ほぼ寝たきりの状態となり、ついには寝返りさえままならなくなった。自宅で介護することも難しくなり、とうとう市営の老人介護施設に入所することになった。

昨年、九十歳の誕生日を迎えた師走《しわす》、風邪をひき、肺炎をこじらせて病院へ移った。そのときも危険な状態に陥ったが、なんとか持ち直した。

いつかそう遠くない日に、こんな日が訪れるであろうと覚悟するようになっていた。それでも離れて暮らしていると、日々の生活に紛れ、薄情にも普段は祖母のことを忘れている。

――どう、こっちに来られる？

少し黙り込んでしまった私に母が尋ねた。

――うん、ああ、行く、行くよ。じゃあ……。

スマホを切ると、照明スタンドの小さな灯《あか》りが点《つ》いた。

「ん、どうかした？」

隣に寝ていた夫が、半分、身体を起こしながら尋ねてきた。

祖母が危篤だと伝えると、夫は「おいおい、それじゃあ、急いで支度しなくちゃ」と先にベッドを降りた。つられるように私もベッドから出たものの、その場にぼんやり立ち尽くしてしまった。

「なあ、急ごうよ」

「いや、その……ねえ、喪服を持って行くべきかしら？」

不謹慎かもしれないけれど、頭をそんなことが過《よぎ》った。

「いや、それは……あまりに手回しが良過ぎるような気が……」

「そ、そうよね……」

「もしものことになったら、そのときは僕が取りに戻って来るから。とにかく急ごう」

「うん。あの子たちも起こさないと」

私はさっと着替えを済ませ、子供部屋へ入った。

大あくびを繰り返す子どもたちをベッドから引きずり出し、着替えさせる。

「ねえ、どこに行くの？」小学一年生の娘、彩花《あやか》が目を擦《こす》りながら尋ねた。

「うん、ちょっとね、おっきいおばあちゃんのお見舞いにね。ほら、健人《けんと》、早くしなさいよ」

「オレ、行きたくない」

ベッドの縁に座ったまま、小学三年生の息子、健人が不満そうに答える。

「もうグズグズ言わないで、お願いだから言うこと聞いて。健人、お兄ちゃんでしょ」

私はつい語気を荒らげた。

息子は渋々ながら、面倒臭そうにパジャマを脱いだ。

慌ただしく夫の運転する車に乗り込み、世田谷《せたがや》のマンションを後にした。

日曜の早朝ということもあって、環状八号線は空《す》いていた。後部座席を見ると、子どもたちは首を折り曲げるようにして寝入っていた。

「夏休みは栃木に帰ってあげればよかったかな」夫がぽつりと呟《つぶや》く。

この夏休みは、夫の実家がある三重に帰省した。毎年夏休みには、三重と栃木を交互に帰省するルールだったからだ。

「私ひとりでも見舞ってあげればよかったのよ。日帰りで行って来られるんだから……」

祖母が入院してから、私は一度しか見舞ったことがなかった。

春は娘の卒園式やら入学式やらと慌ただしく、結局、不義理をしてしまった。こんなことなら、私ひとりだけでも、見舞えばよかったと後悔する。車で二時間と掛からず顔を見せることができたのに……。いや、その程度の距離だから、いつでも帰れるとタカをくっていたのだ。

「おばあちゃんのおはぎ、もう一度食べたいなあ」夫が懐かしむように言った。

私たちが里帰りすると、甘党の夫のために、祖母はおはぎをよく作ってくれたのだ。

「僕たちが着くまで、なんとか持ち堪《こた》えてくれればいいけど……」

東北自動車道のETCゲートを抜けると、夫はアクセルを踏み込んだ。

インターチェンジを降りると、八時を少し回っていた。

バイパスに入ると、アウトレットモールの看板が見えてきた。その向こうに稲穂が揺れ、まるで海のように波打っている。

バイパスからJRの駅方面へ向かう。祖母の入院しているのは、駅の西側にある総合病院だ。介護施設には何度か夫も訪問したことはあったが、病院は初めてだ。

「あ、そこを右に」

故郷を離れて二十年以上経っていても、勝手知ったる地元なのでカーナビの世話になる必要はない。

シャッターの下りた駅前商店街を走ると、左手に白い建物が見えてきた。

「あそこ」私が病院を指差す。

夫はハンドルを切って、車を外来者用駐車場に滑り込ませた。

「ほら、起きて、着いたわよ」子どもたちに声を掛ける。

正面玄関はまだ閉まっていたので、夜間入り口へと回り込み、警備員に事情を話し、祖母の病室へ向かった。

蛍光灯の青白い照明が照らす廊下を、私は彩花の手を引いて小走りに走る。夫と息子が後に続いた。

　五階でエレベータを降りると、廊下の突き当たりに長椅子が置かれていて、そこには地元に暮らす従兄弟《いとこ》たちが座っていた。従兄弟たちは〝あっち〟だと病室を指差した。私は軽く頷《うなず》いてみせた。この際、挨拶《あいさつ》は後回しでいい。

　扉の前で立ち止まり、深呼吸で息を整えた。急にざわざわとした感覚が胸に湧いてきて、妙に足が竦《すく》んだ。

「佳代子」と夫に促されて病室に入る。

　母と叔父《おじ》や叔母《おば》が、ベッドの周りを取り囲むように立っていた。振り返った母たちの目が私たち家族に向けられた。

「おばあちゃん、ほら、佳代子たちが来てくれたよ」母が祖母に話し掛けた。

　横たわった祖母は眠るように目を閉じていた。

「おばあちゃん、分かる？　私、佳代子よ。和博《かずひろ》さんも、健人も彩花も一緒よ」

　そう話し掛けたけど、祖母からの反応はなかった。

「このまま段々、呼吸が弱くなるみたいだ。もう何も分からないんだよ」勝《まさる》おじさんが首を振った。

「分かんなくても、孫の中でいちばん可愛がってた佳代子が来てくれたんだ、きっとおふくろも喜んでるよ」学《まなぶ》おじさんがそう言って頷いた。

　父には勝と学という弟がいる。

勝おじさんは司法書士で、十数年前から市議を務める。学おじさんは県内の公立大学を出た後、自動車販売会社に入り、二十代で独立した。その後も事業を拡大し、ガソリンスタンド、コンビニ、レンタルビデオショップなど、経営の手を広げた。

「あれ、お父さんは？」

ふと、父の姿がないことに気づく。

「まさか、こんなときに……」

いくら父と祖母の確執……いや、どちらかというと、父が祖母を受け入れない関係というのが正しいのかもしれないが、だからといって、母親の最期を看取《みと》る気さえないのだろうか。

「お父さん、言うこと聞かないんだから」と母は少々バツの悪い顔をした。

「まったく、ヒデ兄貴にも困ったもんだ」

「大体、介護施設に入ってから、兄貴は一度も見舞ったことがないからなあ。もう三年も会ってないんじゃないのか。最期くらい、顔を見にきてやってもいいんだけどなあ」

叔父たちは口々に呆《あき》れたように言葉をこぼした。

「私が迎えに行って来る。首に縄を付けても引っ張ってくる」

思わず、私はそう口走った。

父を迎えに行っている間に、祖母が息を引き取ってしまうかもしれない。それでも、父をこの場に連れて来たいという思いが勝った。

「そうだね、佳代子の言うことなら聞くかもしれないね」

「じゃあ、僕も一緒に」と言う夫に「大丈夫、私ひとりで行くから」と応《こた》えた。頑固者の父だ、私以外の者が付いて来れば、それを意識して意地を張るかもしれない。そういうところのある人なのだ。

「あなた、何かあったらすぐに連絡ちょうだい」

「ああ、分かった」

「健人、彩花、パパとちょっと待っててね」

私の神妙な顔つきに、子どもながら察するものがあったのだろう。息子と娘はおとなしく頷いてみせた。


車に乗り込むと、国道を西へ向かった。病院から実家まで、おおよそ二十分くらいの道程だ。

「いくらなんでも、こんな最期でいいわけないじゃないよ……」私は独り言を呟いた。

子どもの頃から、祖母に対する父の態度がおかしいと薄々は感じていた。だからといって、表向き、私に不都合があるほどのことはなかったのだ。

私が結婚して間もなくのお盆だった。帰省した折、みんなが寝静まった頃、母に尋ねたことがある。

「ねえ、そもそも、不仲の原因はなんだったのかしらね？」

「さあ、なんだったんだろう？　お母さんがこの家に嫁に来たときには、もうよそよそしさっていうか、言葉を交わさない感じだったからね。お父さんは何も言わなかったし。というか、おばあちゃんのことには触れたくないみたいで。まあ、おばあちゃんは、昔はキツい人だったから……。お母さんもチクリチクリやられたもんよ」

母は苦笑いをして話を続けた。

「おばあちゃんは、お父さんに期待を裏切られたと思ってるんじゃないのかな。長男だし、立派で自慢できる息子を期待してたんだと思う。あ、いつだったかな……。『秀男《ひでお》』って名前は、秀でた男になってほしいって付けたのに、とんだ名前負けだったね』ってがっかりした様子だったわね」

親の若い頃の様子など分かりはしない。そういう話は当人から聞くこともなかったし。ただ、祖母が時々、私に言って聞かせたことを覚えている。

「ヒデは……佳代子のお父さんは、中学のときグレかかって。他の中学の生徒と大立ち回りをして、何度も学校に呼び出されたことがあった。顔から火が出るくらい恥ずかしかったね。いいかい、佳代子。自分の子どもを悪く言いたくはないけど、お前はあんな父親みたいになっちゃだめだよ。人様から後ろ指さされるような人間はだめだ」

そのことを母に話すと、母は「ああ」と溜息《ためいき》を漏らした。

「あれはなんの集まりだったかねえ……。あ、法事の席だった。おばあちゃんの遠縁にあたる誰かが言ってたんだけど、おばあちゃんのお里は昔、機織りの名家だったらしい。でも、父親が早くに亡くなって、歳の離れた長男が跡を継いだらしいんだけど、これがとんでもない放蕩者《ほうとう》で、家業はほったらかしで毎晩、芸者上げてのどんちゃん騒ぎ。挙げ句に何かの取引に失敗して財産を全部無くしたとか。その後、一家は相当苦労したって。どこまで嘘か本当か分からないけど、まあ、本当だとすれば、長男を厳しく躾《しつ》けようと思う気持ちも、少しは分かるけどね」

「プライドが高いってことなのかな？」

「それもあるけど、世間体を人一倍気にするようだし」

「だからかなあ、私が生徒会の役員なんかやると褒めてくれたのは？」

それだけではない。私がいい成績表を持ち帰ると喜んだ。顔を綻《ほころ》ばせるというのはあいうことをいうのだろう。作文コンクールで優秀賞をもらったり、英語のスピーチコンテストの学校代表に選ばれたときなど、手放しの喜び様で、お小遣いをくれた。現金かもしれないが、ご褒美をくれる祖母は私にとって〝いい祖母〟だったのだ。

「そういうことだったかもね」母は頷いた。

「だとすれば、おばあちゃんの価値観って分かり易いよね。自慢できることが好きなんだから。お父さんも、そういうところ巧く立ち回ればよかったのに」

「そういうことができなかったから、あんなことになってるんだよ」

父は地元の工業高校を卒業して大工の見習いになった。独立するのは通常より早かったと聞いたことがある。

「大工としての腕前は評判いいし」

「大工じゃだめなんじゃないの。他の兄弟みたいに資格を持ってるとか、先生とか社長って呼ばれる人じゃないと」

正直なところ、そういう肩書きを羨《うらや》んだり、好む人は多いような気がする。

「おじいちゃんは、仲裁みたいなことはしなかったわけ？」

「そうだねえ、おじいちゃんは、よく言えば平和主義、悪く言えば、ことなかれ主義だった感じかね」

「ああ、なんとなく分かる」

「結局、見て見ぬふりを通して逝っちゃった。心残りがあったのかなかったのかどうか分からないけど。でも、それでまた揉《も》めて」

祖父が亡くなって相続のことで一悶着《ひともんちゃく》あった。

父にも祖母を避けるという非があったので仕方ない面もあるが、祖母は叔父たちをアテにするようになっていた。だから、相続について、父にはなんの相談もなく、祖母と叔父たちで決めてしまったのだ。

「あのときは、口下手なお父さんといえどもさすがに怒った。『お前ら、オレを除《の》け者にしやがって、ふざけるな』って勝さんたちを怒鳴ったもの。でも、結局は何も変わることはなかったけどね」

祖父の代は稲作農家だった。一家が田植えの準備をする光景をおぼろげながら記憶している。減反政策で、最後は家族が食べるだけの米を作るようになった。他の田んぼは休耕田として草むらになった。ところが、バイパス道路や高速道路のインターチェンジができると、周辺にぞくぞくと外食チェーンの店舗が並ぶようになった。叔父《おじ》たちはそういう土地をもらったのだ。

「結構な金額になったんじゃないの？　お父さんは、この家屋敷と山の方の田んぼをもらっただけだからね。佳代子が言うように、ホントはおばあちゃんの面倒をみんなが見てもいいんだけどね」母は大きな溜息をついた。

「おじいちゃんが亡くなって、佳代子も東京へ行っちゃってからは、ますます酷《ひど》くなって。ホント、ひとつ屋根の下にいるのに、ひと言も喋《しゃべ》らないんだから。ご飯だって一緒に食べようとしないんだからね」

祖母が食卓に着いている間、父は居間のテレビの前で酒を飲み、祖母が食べ終え、茶《ちゃ》碗《わん》を流しに置き、自室に戻らなければ、父は食事をすることはなかったようだ。それは私たちが帰省しても同じだった。

「そんなことなら、いっそのこと、おばあちゃんは、おじちゃんたちのうちで暮らした方が楽っていうか、しあわせなんじゃないのかな。何もお互い、嫌な思いをしてまでも、一緒に暮らさなくても」

「あたしもお父さんにそう言ったことがあるんだけど……」母は少し口を尖《とが》らせた。

「ん、だけど？」

「お父さんは『オレは長男だからな』って首を縦に振らなかった。筋からすればそうなんだけど、一体、何を考えてるんだか……」

「オレが長男だってプライドなんじゃないの？　なんだか、意地の張り合い、見栄《みえ》の張り合いって気がする。結局、そういうところは似た者親子なんじゃない」

「似てるからぶつかるんじゃないの？」

母の言うことは正しいのかもしれない。

「だけどさ、おじちゃんたちにとっても母親なんだし。『うちで暮らすか』くらいの話があってもおかしくないよね」

「そうなれば気が楽だったけど。あの人たちにそんな気はないよ。親の面倒は見るものだっていうけど、一緒に住むとなると色々あるしね。だいいち引き取るっていっても、嫁さんたちが『うん』とは言わないよ」

「でも、お母さんは住んでるじゃない？」

「まあ、そうだけど……。ほら、あたしの場合は、長男の嫁になることも、舅《しゆうと》姑《しゆうとめ》と同居するってことも分かってたことだし」

「貧乏くじ引いたってことなんだ？」

「昔はそういうもんだったんだよ」

「だけど、どうしたものかしらねえ？」

「お母さんだって、なんとかふたりの仲を取り持とうとはしたけど、結局、無理だった。それに、そんなことばかり気にしてたら、こっちが疲れちゃうし。だから、薄情かもしれないけど、放っておくことに決めたの」

それで今日《こんにち》に至ってしまったわけだ。母との会話を思い出し、深く重い溜息が出た。

柊《ひいらぎ》の生け垣に囲まれた実家が見えてきた。

門の脇には枝振りのいい松の木が空に向かって伸びている。祖父が暇をみつけては脚立に足を掛けながら手入れをする姿を思い出す。今は剪定《せんてい》の役目は父が引き継いだ。

ウインカーを出してハンドルを切り、ゆっくりと庭先へ車を進める。

敷地は五百坪くらいあると思う。東京にこれだけの土地があれば、相当の資産家ということになるだろうけど、この辺りでは決して広いわけではない。

二階建ての母屋は、三十年以上前、父が建て替えたものだ。今でも残されている二階にある私の部屋の窓をちらりと見上げた。この先、この家はどうなってしまうのだろう……。

車を降りると、母屋と並んで建つ物置兼仕事場に父の姿があった。父は砥石《といし》を使ってカンナの刃を研いでいた。

車が庭に入ったのは視界に入っているはずなのに、知らん顔を決め込んでいる様子だ。

いくらエンジン音が静かなハイブリッド車だとしても、気配は感じられるはずだ。私はわざとドアを荒々しく閉めた。

「お父さん」

そう呼び掛けても、研ぐ手を止めず、顔も上げない。

「お父さん」もう一度呼び掛ける。

やっと私の方を向くと「おう、来てたのか」と暢気《のんき》な言葉を返してきた。

「来てたのかじゃないわよ。お父さん、何やってんのよ、こんなときに」

「道具の手入れだ」

「そうじゃなくって……。ほら、病院へ行くよ」

「オレはいい」

「お父さん、もし自分が死ぬかもしれないってときに、娘の私が会いに来なかったらどうよ？」

「ああ、そんときはそんときだな」

まったく意固地なんだから……。ただ、こんな押し問答を続けている時間はない。

「もう、いいからさっさと乗って」

父のシャツの肩先を鷲掴《わしづか》みにすると、力任せに引っ張った。父はよろけながらその場に尻餅《しりもち》をついた。ふと、父も歳を取ったものだと、どこか淋《さび》しく思う気持ちが胸を過《よぎ》った。だが、ここで握ったシャツを放せば、父は言うことを聞かない。私は強引にそのまた。

ま車まで引っ張って行った。

「こら、よせ」

「おばあちゃんと不仲なのは重々承知してるけど、場合が場合なんだからさ」

まるで拉致《らち》するかのように、父を助手席に押し込むと、素早く運転席に乗り込み、私は車をUターンさせた。

「どんなことがあったにしても、親子なんだし……」

「親子？」父が咄嗟《とっさ》に反応した。

「親子でしょ？」

「そんなもん、とうの昔に縁なんか切れてる」

父の声は小さかったが、忌々しいといった響きがこもっていた。

交差点で赤信号に捕まる。目の前の横断歩道を、健人と彩花くらいの子どもが手をあげて渡ってゆく。

「子どもたちはどうした？　東京に置いて来たのか？」

「ううん、病院にいる。パパも一緒」

「そうか……。あいつら、また背が伸びたか？」

「うん、ふたりとも伸びたよ。もっとも成績の方も伸びてほしいんだけど、特に健人はね」

「勉強なんかできなくったって心配ねえさ」

「そんなわけにはいかないわよ。来年からは受験モードに入るんだから。だけど、反抗期っていうのか、全然、言うこと聞かなくって。この間なんか、宿題もせずにゲームばっかりやってたもんだから、ゲーム機を取り上げたら逆ギレして。で、なんて言ったと思う？　クソババアだって」

父は小声で笑った。

「カチンときて、お尻を叩《たた》いてやったわよ」

「おいおい、そういう折檻《せっかん》はやめておけよ」

「折檻？　人聞きの悪い言い方はやめてよね」

「じゃあなんだ、虐待ってやつか？」

「ホントやめて。お尻よ、お尻。大体、それくらいの躾《しつけ》をしておかないとダメでしょ」

「躾なあ……。この間のニュースで見たけど、叩く親はみんな躾だって言うんだってな」

「一緒にしないでよ」

「愛のムチなんて言い逃れするけど、やられた方がどう感じるかなんてことは、意外と親は分かっちゃいないんだ」

いや、分かっているのだ……。叩くことは稀《まれ》であっても、虫の居所が悪いときは、子どもたちに当たってしまうこともある。疲れているときや頭痛がしているときに、ダダをこねられたりすると、ついキツい言葉を吐くことがある。それはきっと、毒針のような鋭さを持っているに違いない。頭では感情的に叱ってはいけないと分かっていても、時々、歯止めが利かないことも事実だ。

「ほら、青になったぞ」

ぼんやりしていて信号が変わったことに気づかなかった。私はゆっくりとアクセルを踏んだ。

「ばあさんに、昔、こっぴどく叩かれてな」

「ん、どういうこと？」

「小学校二年の節分の夜だったな。冷え込んで寒い夜だった。試験の点数が悪くて、それを隠しておいたんだが見つかっちまって。薄着のまま表に出された。寒くてガタガタ震えがくるし。どうしようもなくて、隣の家に逃げ込んだんだ。そうしたら、可哀想に思ったんだろうな、隣のおばさんがばあさんに意見したらしくて。連れて帰られてから『親に恥をかかせるつもりか』って、ばあさんが怒ってな。裁縫に使う竹の物差しで嫌っていうほど叩かれた。太腿《ふともも》なんか青あざだらけになった」

祖母が厳しいとは聞いていたけど、そこまで激しいとは……。酷《ひど》い仕打ちは、いつまでも記憶に留《とど》まってしまうものなのだ。

文句や愚痴は耳にしたことはあっても、父からそんな話を聞かされたのは初めてだ。それが、楽しい想い出であってくれたら……。

「ねえ、おばあちゃんから、褒めてもらったことってないの？」

「そんなことは今の今まで一度もねえさ」父は鼻で笑った。

「まあ、やることなすこと、気に入らなかったんだろう。ま、こっちも、こいつは母親なんかじゃねえって思ってたけど。きっと、ばあさんはオレなんか産みたくなかったんだろう」

語気の強さとは裏腹な淋しさを感じたのは、私の気のせいだろうか。

「そんなことはないと思うけど」

親の資質を持たずに子どもをもうけてしまう者もいるだろう。最初から愛情を持つことのできない母親もいるにはいるだろうが、大概は我が子を愛《いと》おしいと感じるはずだ。息子は難産だったので、無事に生まれてくれたときの喜びはひとしおだった。同時に、この子のためなら、どんなことでもする。我慢や犠牲を払っても、たとえ自分の命に代えてでも守ろうと思った。

だが、その一方で、祖母と父のように、その絆《きずな》を封印し、何十年も生きてきた親子がいる。親子の愛情とは一体なんなのだろう……。

よく物事がこじれたきっかけを〝ボタンの掛け違い〟と言うけれど、愛情にもボタンがあり、父と祖母の場合、その愛情ボタンが本来収まるべきところに収まらなかったということなのだろうか。時が解決してくれるとは言うけれど、いたずらに時を重ねてしまうと後戻りできないこともあるのだ。

「大体、そんな目に遭ったのはオレだけだ。勝や学が叩かれるとこなんぞ見たことがなかった。あいつら、ばあさんの機嫌取りがうまかったからな。『ヒデはお兄ちゃんだろう』って、そのひと言で終わりだ」

「あのさ……」

私はちょっと躊躇《ためら》いながら言葉を続けた。

「彩花が生まれた後さ、健人の様子がおかしくて。なんか焼き餅《もち》焼いてるふうで」

息子は私の気を引きたかったのだろう、わざとご飯をこぼしたり、叱られるようなことをした。彩花に手が掛かり、自然と健人をかまう時間が減った。甘えたいのは分かっていたけど、日々の忙しさの中で、余計な面倒を掛けられると、つい「もう、健人はお兄ちゃんなんだから、しっかりしなさい」とか「自分でできるでしょ」などと突き放した物言いになってしまったことがある。

息子の反抗は愛情に飢えた証《あかし》だったのだ。もしかしたら、父は母親の愛情に飢えたままなのかもしれない。

「お父さん……」

「くだらない話をしちまったな。まあ、とにかく、お前も気をつけろ」

そう父に釘《くぎ》を刺された後、私はしばらく黙ってしまった。

エントランスに続くスロープを通り抜け、さっき停めていた駐車スペースに再び車を停める。

　私が降りても父は座ったまま車から出ようとしない。

　車の鼻先を回り込み、私は助手席のドアを開けた。

「やっぱり、オレはいいや」

　父は小さく頭《かぶり》を振った。

「ここまで来て、いいやはないでしょう、もう」

「今更、ばあさんの顔見たってどうってことはねえしな」

「ばっかじゃないの。そうやって、肝心なときにグズグズするから、おばあちゃんに嫌われちゃうんだよ」

　思わず口走ってしまった言葉に〝しまった〟と思った。

　でも父は不機嫌な顔はせず、むしろ短く自嘲《じちよう》気味に笑った。

「ああ、ごめん……。お父さん、別にやさしい言葉をかけてあげてとは言わないわよ。それに、残念だけど、もう意識がないみたいだから……。何を言っても分からないかもしれないし」

　父はゆっくりと私の方へ顔を上げた。

「何を言っても分からないんだから、お父さん、今までに溜《た》まった鬱憤《うつぷん》を晴らしたら。そう、なんか文句を言ったりして。罵声《ばせい》浴びせたっていいし。それで気が済むなら、そうした方がいいって。とにかく、会ってあげなよ。さあ」

父はようやくサンダル履きの足を車の外に踏み出した。

正面玄関から院内に入り、父と私は黙ったままエレベータに乗り込む。低い機械音が響いた。

父は何度も首を傾げながら落ち着かない様子だ。

エレベータの扉が開き、長椅子で待っていた夫と子どもたちを呼び寄せた。夫は父に軽く頭を下げ、子どもたちは「おじいちゃん」と呼び、彩花は父の腰にしがみついた。父の表情がほぐれた。

「お父さん、ここだよ」

父は病室の名札を確認するように立ち止まった。そして大きく息を吐き出した。

私が扉を引き、先に父を通す。父の丸まったような背中を見ながら私は後に続いた。

母や叔父《おじ》たちが一瞬驚いたような表情を見せた。

「お父さん」母がほっとしたような顔をする。

「おお、兄貴」勝おじさんが声を掛けた。

父はそれに応《こた》えるふうでもなく、軽く顎《あご》を引いて頷《うなず》いた。

叔父たちがベッド脇から離れ、父に場所を譲る。でも、父は近づこうとしない。

「ほら、お父さん」

私が背中を押し、やっと一歩二歩と足を進めた。だが、父は視線を祖母の顔に合わせるでもなく、意味なく部屋の四方を見回している。その態度に気まずい雰囲気が漂う。

「まあ、おふくろもよく頑張って生きたんじゃないの」

「ああ、九十過ぎまで生きたんだから、大往生の部類なんじゃないか」

叔父たちが気まずさを嫌ってか、そんな軽口を言い始めた。

「結局、長患いになっちまったからな。これでみんな解放される」

そんな叔父たちを、父は睨《にら》んだような気がした。

「あっ、目が開いた」母が声をあげた。

祖母の瞼《まぶた》がゆっくりと開いてゆく。

「おふくろ」

「おばあちゃん」

一斉に祖母の顔を覗《のぞ》き込む。みんなにつられるように、父も祖母に視線を落とした。

眠りから目覚めたような穏やかな表情だ。

開いた目がまっすぐに父を見ている。それでも父は言葉を発することはなかった。意識して留めているのではなく、明らかに戸惑った様子だ。

祖母の痩《や》せ細った人差し指がほんの微《かす》かに震えた。もう動かせないのか、それでも指先を父の手に伸ばそうとしたのではないかと思えた。

と、次の瞬間、祖母の口元が動いた。

「秀……男……来たか……」

掠《かす》れてか弱い声だったが、それが父の名であることは聞き取れた。祖母の最後の力を振り絞った声だ。祖母は父が来るのを、ずっとずっと待っていたのだ。愛情というボタンをちゃんと掛け直すために……。

立ち尽くす父に目をやると、その頬に大粒の涙がぽろぽろっとこぼれ落ちていた。

捨てる理由

「運転手さん、そこのコンビニの前で停めてください」

「はい、かしこまりました」

少し後頭部の薄くなった運転手は丁寧な口調で答え、左のウインカーを点《つ》けた。

腕時計に目を落とすと午前二時を少し回っていた。

私は特殊繊維を製造販売する会社で部長職にある。今晩は、春先から進めてきた大口の取引が成立した祝いにと、部下たちと歌舞伎町《かぶきちょう》の居酒屋で飲み、その後、カラオケへと繰り出した。業績が上がるのは気分のいいもので、つい盛り上がってしまった。加えて、明日《あした》からは三連休だ。出社の心配も要らず、ふと気づくとこんな時間になっていたのだ。

部下たちと別れて、JRの大《おお》ガード付近でタクシーを拾った。環七《かんなな》を越し、方南《ほうなん》通りから井ノ頭《いかしら》通りに出た辺りで、急に腹が空《す》いた感覚を覚えた。私は酒を飲むときは、あまり食べない。ふと、湯気の上がる肉まんが頭に浮かんだ。タクシー待ちをしていたとき、若いカップルが肉まんを旨《うま》そうに頬張る様を見たせいかもしれない。

おかしなもので、一度、そういう思いに囚《とら》われると無性に食べたくなる。タクシーは住宅街に入り、我が家まで数分のところまで来ていた。と、前方にコンビニが見えてきたのだ。

妻が私の帰宅を起きて待っているはずもなく、さりとて「何か、ちょっと喰《く》うものないか」などと起こしたところで機嫌を損なうだけだ。ならば、欲望のままに肉まんを買って喰うことはいい選択だ。

マンションの一階にあるこのコンビニには駐車場はなく、タクシーは入り口正面に横付けされた。

料金を札で払い、お釣りを受け取ると、そそくさと店内に入った。来客を知らせるチャイム音が鳴る。

真っすぐレジ脇に置かれた肉まんの蒸されたガラスケースを目指す。

「いらっしゃいませ」

声はすれども、カウンター内に店員の姿はなく、振り返って店内を見回す。どうやら、客は私ひとりのようだ。

更に棚に挟まれた通路に店員の姿を探すと、男の店員が棚にスナック菓子を並べていた。

「あのー、肉まん一個ほしいんだけど」

「はい、ちょっとお待ちください」

店員は作業の手を止めて、カウンター内に入った。何度か見たことのある顔だ。

この店は、自宅から歩いて三分と掛からない場所にあるので、宅配便を送ったり祝儀袋を買ったりと、日頃から利用している。

青年は……おそらく二十歳をちょっと過ぎたくらいだろうか。胸のネームプレートには〝木村《きむら》〟とある。

木村くんは、手際よく慣れた手つきで、肉まんを専用の紙に包むと、それを小さなビニール袋に入れた。そしてレジを打つ。

私はタクシーのお釣りにもらった小銭を手のひらの上で数え、それを渡した。

「ちょうど、頂きます」

「どうも」と言って、袋を受け取った。

「ありがとうございます。またお越しください」木村くんは特に抑揚のない声で言った。

自動ドアを出て、我が家の方向へ歩み出した。店の前には、飲料のペットボトルや缶を捨てるゴミ箱が並んでいる。その脇には、商品の入っていた段ボールが折り畳まれて山積みにされていた。

その前を通り過ぎようとしたとき、薄暗いゴミ箱の陰から、ゴソゴソと物音がした。

一瞬、足を止める。猫でもいるのか……。私は、暗がりを覗き込むように目を凝らした。

しかし、何も見えなかった。気のせいか？　再び歩き始めると、今度は「ワン」という、明らかな犬の鳴き声が聞こえた。

犬？　……どこに？

私は積まれた段ボールの辺りを、腰を屈《かが》めながらじっくり探した。だが、やはり、それらしい姿は見つけられなかった。空耳か、いや確かに聞こえた。

と、もうひと鳴き「ワン」と小さい声が聞こえた。間違いない、どこかにいる。その場にしゃがみ込むと、ミカン箱くらいの段ボールからゴソゴソという音が聞こえた。その段ボールの上蓋《うわぶた》は閉じられていた。

なんでだ？

段ボールの上蓋にはガムテープが貼られていた。私は恐る恐る、テープを剝《は》がし、中を覗き込んだ。黒い影が動いたかと思うと、ひょいと前足が段ボールの縁に掛かった。そして小型犬がひょっこりと顔を出した。予測はしていたものの、びっくりして踵《かかと》のバランスを失い、危うく尻餅《しりもち》をつきそうになった。

どういうことなのだと思いながらも、私は段ボールごと持ち上げ、店の灯《あか》りがこぼれてくる明るい場所へと移した。

足許《あしもと》に置いた箱の中を改めて覗くと、まん丸い目をした茶色い犬が私を見つめていた。赤い首輪をしていることから察するに、飼われていたことは間違いがないようだ。

「おい、どうした？　捨てられたのか……」

思わず、言葉が口を突いて出た。この状況ではそう考えるのが妥当だ。だが、どうしたものか？

「あのー、ちょっと、すみません」

私は店内に向かって声を掛けた。が、ドアが閉まっているせいで声が届かないのかもしれない。木村くんに気づく気配はない。

「いいか、ちょっと待ってろよ。いい子にしてろよ」

私はゆっくり後退《あとずさ》りするように、箱から二メートルくらい離れ、自動ドアを開けるためにドアの前に立った。ドアが開くや否や「すいません」と声を掛けた。すぐに返事がなく、私は「おーい、木村くん」と名前を呼んだ。今度は「はい？」と返事が返ってきた。

外に出てきた木村くんは「どうかしました？」と、名前で呼ばれたことなど気にしないふうに問い掛けた。

「ほら、これだよ」私は箱の中の犬を指差した。

「犬っすか……。あ、トイプーか」

「トイプー？」

「トイプードルのことっすよ」

「詳しいんだな」

「それくらい常識っすよ」

「そうなのか……」

「で、このトイプーがどうかしたんすか？」

それはこっちが知りたい。

「そこの段ボールが積んである場所でさ、この箱に入れられていたんだよ」

「はあ？」まったくなんのことだか分からないといった感じで木村くんは声を発した。

「だからさ、たぶん、いいや、捨て犬なんだと思うんだよ」

「はあ……」今度は気の抜けたような返答をする。

「何か心当たりはないかい？」

「全然」木村くんは首を振った。

「一体、いつ、ここに置かれたんだろうな？」

「さっき、段ボールを出したのが、一時過ぎだから……。でも、そんときは気づかなかったし。うーん、なかったと思うんすよね」

もし、それが正しいとすれば、ここに放置されて一時間程度ということになる。

「お、そうだ。何か手掛かりみたいなものはないかな？」

私は「ちょっとごめんよ」と犬に言うと、箱の隙間に手を伸ばした。すると、メモ書きがあった。

名前はチロ。六歳。メス。……とだけ、ボールペンで書かれていた。達筆ではないが、丁寧な文字だと思った。更に中には、透明なビニール袋がふたつ置かれていた。手にしてみると、固形の粒が入っていた。

「ドッグフードっすかね」

木村くんの言う通りだ。

「つまり二食分って意味かな。これを与えてほしいってことなんだろうなあ」

私が腕組みをしていると、木村くんは「で、どうします」と訊《き》いてきた。

「そりゃあ、この店の前に置かれてたんだから……な。ここで預かってくれる……」

期待薄なのは分かっていた。案の定、私の言葉を遮るように「無理っす」と、にべもない答えが返ってきた。それはそうだな……私は鼻から息を吐き出しながらひとり苦笑いだ。

「大体、お客さんが見つけたんでしょ」

「そりゃあ、そうだけど」

ふたりの問答を聞きながら、犬は……いや、チロは私たちの顔を交互に見ている。

「じゃあ、やっぱ、こういうことは警察っすかね。通報します？」

「いや、警察は大袈裟《おおげさ》っていうか、その厄介っていうかな」

警官を呼び、あれこれと事情を訊かれるのも面倒な気がする。それにひと晩くらいなら保護もしてくれるだろうが、飼い主を探しはしてくれない。きっと動物愛護相談センターへ送られるのがオチだ。その先に待っているものは……。そんなことになったら夢見が悪い。瞬時にいろんな思いが頭を駆け巡った。

「じゃあ、どうするんすか？」

警察もダメ、店もダメとなれば、関わってしまった私がどうにかせねばならない……ということになるのか。

「うーん、仕方ないか、今晩のところは私が預かっていくしかないかな」

「連れて帰るんすか」

「だって、しょうがないだろう。それとも店で……」

「だから、無理っすって」

再び念を押された。

と、自転車に乗った若い男が駐輪場に入って来た。

「オレ、中に入ります」と、木村くんは腰を上げ「いらっしゃいませ」と店内に戻った。

私はしゃがみ直して、チロの頭を撫《な》でる。

「おいおい、そんな目で見るなよ」

やはり今晩はひとまず、うちに連れて帰るのが得策のようだ。もしも、夜が明けて、いや何日後でもいいが、思い直した飼い主がチロを探しに来るかもしれない。ならば、連絡先を書いたメモを木村くんに託しておくのもひとつの手か……。と思い、バッグの中から手帳を取り出し、ペンを握ったところで躊躇《ちゅうちょ》した。いや、待てよ。名前を知っているだけの青年に、こちらの名前や電話番号を渡しても平気かどうか。昨今、個人データの扱いには気をつけなければならない。せめて近所の商店の息子であってくれれば迷いもなかっただろうが。ガラス窓越しにレジ打ちをする彼に目をやる。無愛想だが悪党には見えない。ここは信じるしかないか……。

自転車でやって来た客は、ビニール袋をぶら下げながら店を出ると自転車に跨《また》がり、来た道を戻って行った。

私は腹を決め、名前、住所、そして携帯の番号をメモ書きした。そのページを破ると、私は木村くんを手招きした。

「これ」とメモ紙を差し出す。

「なんすか」

「あのさ、もしかしたら、飼い主が店を訪ねてくるかもしれないだろう。そしたら、私に連絡するように言ってくれ」

「現れなかったら？」

「いや、まあ、そうだな。それはまた別の問題として考えることにするよ」

「なんか面倒じゃないっすか。通報しちゃった方が簡単すよ」

「確かに簡単だけど、人生には簡単な答えを選んで、後々まで悔やむこともあるんだよ……なーんてな」

「そんなもんすかね。人生、面倒臭《くせ》え」

「ああ、その通りだな」

私は、すっかり冷めてしまった肉まんの入った袋をバッグに押し込み、それを背広の上から襷《たすき》掛けにした。

「お前も運がいいんだか悪いんだか……。でも、今夜のところは運がよかったって思えよ。オレに見つけてもらえてな」

そう話し掛けると、チロは「クゥーン」と鳴いた。

両手でチロの入った箱を持ち上げる。微《かす》かに匂う獣臭に、ふと、子どもの頃のほろ苦い想い出が甦《よみがえ》った。

私の生まれ故郷は関東平野の片隅にある。そこで高校まで暮らした。今でこそ宅地に姿を変えてしまったが、当時は見渡す限り稲穂の揺れる田園が広がっていた。

あれは、私が小学校三年生の春だった。だから、もう四十年以上前のことだ。通学路に沿って利根川《とねがわ》が流れていた。下校途中、橋脚に近い河原の斜面に、タンポポの花に交じって段ボール箱が置かれているのに気づいた。ふと好奇心から、土手を下って箱の中を覗《のぞ》くと、一匹の子犬がいた。身体全体は白い毛に覆われ、右目の周りだけに黒い毛が生えていた。犬種は分からなかったが、おそらく雑種だったのだろう。指先を近づけるとペロペロと舐《な》めた。その感触が、以前うちで飼っていた〝シロ〟のものと同じだった。

シロはオスのスピッツで、私が幼稚園に通っていたとき、父親が知り合いから貰《もら》い受けたのだ。当時、スピッツは流行《はや》りの犬種で、近所でも何軒か飼っている家があった。

「ほら、博史《ひろし》、ちゃんと面倒見ろよ」父からそう言われた。

私には二歳違いの妹がいたが、弟ができたようで嬉《うれ》しかったのだ。

餌の世話は私の係であり、朝晩欠かさず、アルミの器に牛乳やご飯を入れた。

スピッツはキャンキャンと吠《ほ》え、騒がしかったが、賢いところがあり、すぐに〝お座り〟や〝お手〟といった芸を覚え、家族を楽しませた。

ところが、小学二年生の冬の朝、父が日曜大工で作った三角屋根の犬小屋の中で、シロは口から透明な液体を吐いて息絶えていた。あっけない別れだった。あまりのショックに屍骸《しがい》を揺すりながら私は大泣きした。

父が庭の柿の木の根本に穴を掘り、家族みんなで埋葬した記憶が生々しく残り、以後、どんなに立派な実を実らせても、私は柿を食べることができなくなってしまった。

だから、河原で子犬を見つけたとき、シロが戻ってきたような気がしたのだ。

「うちに連れてってやるぞ」

私は躊躇《ためら》うことなく、その子犬を抱えると、ランドセルを弾ませながら帰ったのだ。

「お母ちゃん、犬拾ってきたあ」

台所にいた母に向かって、玄関口から声を掛けた。母も喜んでくれるだろうと思っていたのだが、返ってきた言葉は「捨ててあった場所に返しておいで」だった。

「なんで？」

「もう犬は飼わないよ」

「なんで？」

何度も食い下がってみたものの、母から許しが出ることはなかった。

後に分かったことだが、誤って除草剤の瓶を庭で割ってしまい、それをシロが舐めてしまったようだ。母は自分を責めていたのだろう。しかし、そんな母の気持ちなど分からない私には、母が非情な人に映った。

「さあ、早く捨てておいで」

母の剣幕におののき、私は仕方なく子犬を抱えて河原へと向かった。

元の段ボール箱の中に戻してはみたものの、そのまま立ち去ることができず、シロツメクサの上に腰を下ろすと膝《ひざ》を抱え、膝小僧の間に顔を埋《うず》め、途方にくれた。

だが、子どもなりに必死に知恵を絞る。父に頼み込み母を説得してもらう。学校で飼ってもらう。それはダメだ。以前、級友たちが、やはり道端に捨てられていた子犬三匹を登校途中に見つけ、学校へ連れて来たことがあったが、学校で飼うことはかなわなかった。

西空に茜雲《あかねぐも》が浮かび始めた。

「あ、そうだ」

私は子犬の入った箱を抱えると、家から程近い場所にある神社へ走った。神社と言っても神主が住んでいるわけではない。

雑木林に囲まれた境内は、缶蹴《かんけ》りやかくれんぼをやるにはもってこいの場所で、私たちはよくそこで遊んでいた。

社殿の床下に潜り込み、そこに箱を置いた。私は落ちていた荒縄で首輪を作ると、その縄の端を柱に括《くく》り付けた。

「いいか、ここでおとなしくしてろよ。えーと、名前かあ。そうだ、クロマルにしよう」

目の周りの黒い模様をヒントに、そう名付けた。

「クロマル、明日《あした》の朝、食べ物持って来てやるからな。おなか空《す》くだろうけど、それまでちょっとガマンしろよ」

もう辺りは薄《うっす》らと暗くなりかけていた。一緒にいてやりたいのはやまやまだったが、母に帰りが遅いことを咎《とが》められやしないかと気になっていた。私は縁の下から出て頭髪についたクモの巣を払った。

家に戻った私は、何喰《く》わぬ顔で「置いてきた」と母に嘘をついた。母は軽く頷《うなず》いただけで背を向けた。

その晩、布団の中で考えた。とりあえず、あそこで世話をしながら、折をみて母を説得しよう。

それからの私は、朝は母の目を盗み、自分の茶碗《ちゃわん》のご飯を半分ラップに巻いたものを持ち出し、夕方には学校の給食で出たパンを残し、クロマルに与えた。ちゃんと飼えるようになるまで友達にも秘密にしておこうと決めていたので、誰かに気づかれやしないかとひやひやしていた。

だが、母には言い出せず、一週間が過ぎた。次第に世話をすることが億劫《おっくう》に感じ始めていた。友達との遊びを断ってクロマルの世話を優先していたからだ。それでも神社には通い続けた。

二週間が過ぎた頃、いつものように神社へ向かうと、クロマルの姿がなかった。億劫になっていたものの、そのときは慌てた。

「クロマル」と名前を呼びながら、境内も、近所の草むらも隈無《くまな》く探した。だが、クロマルを見つけられなかった。翌日も、その翌日も、懸命に探した。授業中、どこか上の空になり、担任から注意された。

力尽きた私は、境内の石段に腰掛けて溜息《ためいき》をついた。落胆する一方で、正直なところ、クロマルがいなくなってくれてほっとしている自分に気づいていた。だから、自分に言い聞かせたのだ。クロマルはきっと、やさしい誰かに連れて行かれたんだ。だから心配ないと……。

だが、思いの外、その後悔の念は、まるで小さな棘《とげ》のように、何かの拍子に心の奥をチクリと刺すのだ。

箱を抱えて、住宅街の細い道路に入った。

空を覆っていた雲が風に流され、黄色い月が現れた。その月明かりに照らされ、我が家が前方に浮かび上がる。

「ほら、着いたぞ。今晩のお前のホテルだ。ま、ちっちゃなホテルですまないがな」

小さな一軒家は兎小屋などと揶揄《やゆ》されるものだが、まさに我が家もそういった佇《たたず》まいだ。三十坪の土地に建つ二階建て……。

この家を購入するまでは、私はずっとマンションで生活してきたのだ。五年前、この家を手に入れた。たとえ狭くても土地付きの一戸建てに住むことが、私の夢だったのだ。引っ越しに反対する妻や子どもたちを「田舎者は土がないと安心できないんだ。それから、定年になったら、でっかい犬を飼って、散歩するのが夢なんだ。お父さんの夢をひとつくらい叶《かな》えてくれてもいいだろう」と、半ば拝み倒したのだ。

門柱の前で歩みを止めると「クゥーン」とチロが声を上げた。

「しーっ。静かにな」

自宅に帰るだけだというのに、空き巣にでも入る心持ちになる。

娘は舞浜《まいはま》にあるホテルに就職、息子は大阪の美術大学に進学するために、それぞれこの家を離れた。妻とのふたり暮らしとなって、二年半だ。暫《しばら》くでも家に留めることを反対する妻を起こして、きちんと説明するべきだろうか。犬好きの妻のことだ、文句は言うまいが……。ただ、それでも……。ふと、あの日の母の顔と妻の顔が重なった。

そーっと鍵《かぎ》を開け、息を殺して玄関に入る。

寝室は二階にある。階段を見上げながら耳を澄ます。妻が起きている気配はない。踵《かかと》を擦り合わせるように靴を脱ぐ。

とりあえず、一階にある居間へと入った。箱を床に置き、照明は点《つ》けず、カーテンを少し開くと仄《ほの》かな月明かりが室内を照らす。

「ほら、お前のせいで、ぺしゃんこだぞ」

ソファに置いたバッグから肉まんを取り出して、チロに見せた。

「どうだ、お前も少し喰うか」

私は皮を千切ってチロに与えた。チロはなんの警戒心もなく食べた。

「どうだ、旨《うま》いか。うーん、そうかそうか」

その姿に、遠い日のシロとクロマルの想い出が頭を過《よぎ》った。いつになくしあわせな気分になった。

と、いきなり部屋の灯《あか》りが点いた。驚きながら振り向くとパジャマ姿の妻が立っていた。

「何よ、電気も点けないでゴソゴソと。泥棒でも入ったかと思ったじゃ……」

そう言い終える間もなく、妻は「え、何、それ」と声のトーンを上げた。

「いや、これはな」

キャバクラ嬢の名刺でも見つかったかのように慌てる私など気にならないといったふうに、妻はチロに近づくと、さっと抱き上げた。

「わあ、可愛い」

ほっと胸を撫《な》で下ろす。それなりに同じ月日を重ねてきた相手だ。その表情で、もう何も心配することはないと分かった。

「ねえねえ、どうしたの？　誰から預かってきたの。友達？　会社の人？　あ、専務さんちの？」

確かに、友人や同僚、専務も犬を飼ってはいるが……。

「いや、違う。実は……」

私はチロを見つけた経緯《いきさつ》をざっと妻に言って聞かせた。

「と、いうわけで放ってもおけず、成り行きで連れて来たんだけど……」

「酷《ひど》いことする人がいるのね」

妻は口元を歪《ゆが》ませながら大きく首を振った。

「で、マズかったかな……その、つまり……」

「酷い」と憤慨しながらも〝それとこれとは別の話よ〟という現実的な一面が女にはある。

「だって、しようがないじゃない。それとも、ダメって言ったら拾った場所に戻してくるの？」

気づけば、妻の膝の上でチロはあくびをしていた。そして顎《あご》を妻の手首に載せると、ゆっくり目を閉じた。

「もうできないでしょ、そんなこと」妻は笑みを浮かべた。

結局私たちは寝室には上がらず、ソファに並んで座った姿勢のままうたた寝をし、夜を明かした。

朝食を摂《と》り、片付けを済ませた妻が、食卓に広げた新聞の小さな記事を指差した。

「ふーん、子どもを殺して六年の実刑なの？」

子殺しの母親に判決が言い渡されたのだ。事件が発覚したときは、報道の扱いも大きいが、時間が経つにつれ小さくなってくる。それに、最近はこの手の惨《むご》い事件が頻繁に起こるせいで、世間も鈍感になってしまっているのかもしれない。

「育てる覚悟がないなら、そもそも産まなきゃいいのよ。ねえ、そう思わない？」

そう問われたものの、私に立派な覚悟があったわけではない。ただ、子どもたちが生まれてからは、不自由はさせまいと必死に働いた。家族を路頭に迷わせないこと、飢えさせないことが私の愛情だったのだ。それを当たり前だと言われてしまえば、その通りだが……。

「もっと厳罰にしないとダメなんじゃない？」

「それもひとつの方法かもしれないが……。ただ、残念ながらやるやつはやるよ」

「そうなのかしらねえ……。まあ、おなかを痛めて産んだ子でも手に掛けちゃうんだから、犬ならもっと安易に扱うってことかしら」

妻は呆《あき》れたように溜息を漏らし、そして憐《あわ》れむようにチロを見た。

　今年の九月、改正された動物愛護管理法が施行されたというテレビニュースを見た。飼い主が最後まで責任を持って動物を飼うという終生飼養の努力義務が明記された。飼育に飽きたなどという身勝手な理由や、不妊や去勢手術といった繁殖制限に努めていないなどが罰則の対象になる。反する場合、動物愛護相談センターは引き取りを拒否できる。たとえ、それがペットの老いや病気、飼い主の転居や健康上の理由で飼えなくなった場合でも、新しい飼い主を見つける努力をしていなければ、飼い主からの引き取り依頼を拒否することができるようになったようだ。加えて罰則も厳しくなったらしい。

「罰則強化で、昔みたいに、そこらへんに捨てちゃうことが増えるっていう指摘もあるようだな。罰金を増やしても、そういう輩《やから》は捨ててしまうだろうし」

　事実、昔、接待で使ったキャバクラの女の子が「犬って大きくなると可愛くないのよね。保健所で処分してもらおう」と平然と言い放つ様に唖然《あぜん》としたことがある。

「ぬいぐるみじゃあるまいし。生き物なんだからな。もっとも、自分のことさえ面倒見られないような連中に、ペットを育てられるわけがない」

「そういう人は、自分が一度ガス室に送られてみればいいのよ」

「お、過激だね」

　だが、妻の言う通りかもしれない。ただ、一度ガス室に送られたら、二度と暖かな日差しも風のそよぎも感じられないのだ。

「あ、そうだ、ちょっと出掛けて来る」と、妻は椅子から立ち上がると財布を持った。

「どこに行くんだ？」

「おしっこシートくらいないとね。新聞紙を敷いて済ませるのって可哀想じゃない？」

館山《たてやま》にある妻の実家では、義父母たちが柴犬《しばいぬ》を飼っている。そういうことがあっての気づきだ。

「美味《おい》しいドッグフードも買ってきてあげるからね」

妻はチロの頭を撫でた。チロはまるで笑うように小さな舌を出して応《こた》えた。

「行ってきます」と妻は出掛けた。が、ものの数分もしないうち、バタバタと足音が響いたかと思ったら、血相を変えた妻が居間に飛び込んで来た。

「おいおい、どうした？」

「外に、外にいるの」

「ん？」

「この子の飼い主っていう人が」

私は急ぎ居間を飛び出し、玄関へ向かう。慌てていたので敷居に爪先《つまさき》をぶつけた。痛みが走り抜けたがたたらを踏みながらドアノブを摑《つか》んだ。

表に出ると門柱の陰に人の姿が見えた。その人影は深々とお辞儀した。少々、面喰《めんく》らった。想像していた飼い主とは似ても似つかない風体の老人だったからだ。背は低く、痩《や》せたその老人の年の頃は、父と同じくらい白髪で目尻《めじり》には多くの皺《しわ》が刻まれていた。

だろうか。だとすると、七十半ばを過ぎているだろう。

太々《ふてぶて》しそうな人物だったら、厭味《いやみ》や皮肉、説教のひとつも聞かせてやろうと息巻いていたものの、そういう思いがすっかり消えてしまった。

「あのー、コンビニの前に、ワンちゃんを……置いた方ですか?」

どうにも〝捨てた〟と言えず、わざわざ〝置いた〟という言い方を選んだ。

老人はゆっくりと項垂《うなだ》れるように頷《うなず》いた。

「はい……。チロがこちらでお世話になっていると聞きまして……」

木村くんは、しっかり役目を果たしたということだ。

「この度は、ご迷惑をお掛けして、本当に申し訳ありません」老人は腰を折り曲げて、また深々と頭を下げた。

「ねえ、玄関先で立ち話してないで上がっていただけば」

背後から妻の声がした。

すると老人は「いえいえ、とんでもない」と、手を振った。

「いや、上がってください。私どもは親切心で招き入れるのではないんですよ。色々と納得のいく話を聞かせてもらわねば……。ただ引き取りに来たから、ああよかったと言って引き渡すことはできません。私たちには訳を聞く権利があります」

この状況なら、こちらが強気に出た方が、老人が素直に従うと思った。それに何より、事情を聞きたい。

私が鉄の門扉を開くと、老人は観念したように小さな背中を更に丸め、左足を少し引きずるように玄関前の三和土《たたき》へと歩んだ。

「さあ、お入りください」

玄関に入ると、老人はいたく恐縮したように「すみません」と頭を下げ、框《かまち》を上がると妻が用意したスリッパを履いた。


老人を居間に通す。すると、段ボール箱の中にいたチロが勢いよく箱から飛び出し、老人の膝《ひざ》に前足を掛けながら、何度もジャンプを繰り返し、シッポを振った。

チロは捨てられたと分かっているのだろうか。いや、分かっていたにせよ、嬉《うれ》しいに決まっている。老人は撫《な》で回したい気持ちを押し殺すかのように、軽くチロの頭に触れた。後悔の念なのか、詫《わ》びる気持ちのせいなのか、老人は涙目になっている。

妻は台所に入り、お茶の用意を始めた。

老人に二人掛けのソファを勧め、私は正面のソファに腰掛けた。チロは老人の足許《あしもと》にきちんと座った。

「では、お話を聞かせていただきましょうか」と切り出す。

「はい。あ、申し遅れました、私は倉本《くらもと》と言います。三丁目にずっと住んでおります」

三丁目……。私たちの住む一丁目とは目と鼻の先だ。

「そうでしたか……。では、どこかで擦れ違っていたかもしれませんね」

「はい……」

「おひとりでお住まいですか？」ふとそんな気がして尋ねてみた。

「はい。家内は亡くなりました……。七年前、家内は軽い脳梗塞《のうこうそく》を患いまして、言葉が少しばかり不自由にはなりましたが、幸いにして生活には支障がなかったんです。ただ無気力というんでしょうかね、日がな、ぼんやりと過ごしておりました。それで、もしかしたら犬でも飼えば、何か世話でもするものでもいれば、家内の気持ちにハリが出るんじゃないかと思いまして……」

「それで、犬を……」

倉本さんはコクリと頷《い》いた。

「家内はチロが来てから活き活きとした様子で、よかったなと感じておりました」

その暮らしぶりを見た訳ではないが、ふと微笑ましい光景が浮かんだ。

「ですが、一昨年《おととし》、今度は心臓の発作で突然倒れまして、家内はそのまま……。家内がいなくなり、チロも淋《さび》しい思いをしたんでしょう。暫《しばら》く、食欲がなかったですね。それでも、チロと静かに暮らしていければと思っていたのですが、そうもいかない事情がでてきてしまいまして……。実は、家を処分して八王子《はちおうじ》にある老人ホームに入居することになりました……。いずれはホームへ入ろうとは考えていたんです。膝の具合も大分悪いので。ただ、もう少し先の話だと……」

妻が日本茶を倉本さんの前に置いた。

「どうぞ」

「すみません、ありがとうございます。いただきます」

倉本さんは丁寧にお辞儀をすると、湯飲み茶碗《ぢゃわん》に手を伸ばし、ひと口お茶を啜《すす》った。

「失礼ですが、お子さんは？」

「はい、息子がひとり」

「だったら、息子さんを頼りにしても……」

「いや、それが……」

倉本さんは情けないようなバツの悪いような表情を浮かべた。

「こんなことは、みっともない話なので、お話しするのはどうかとは思いますが……」

と、前置きをして、倉本さんは擦《す》り合わせる指先に視線を落とすと、掠《かす》れた声で話し始めた。

「息子は昔っから、身の丈以上のことをしたがるところがありましてね。勤め人に見合った暮らしをすればいいものを、株やら先物取引やらに手を出しまして。最初は儲《もう》けたようです。やれハワイだ、台湾だとか言って旅行に行ってました。でも、所詮《しょせん》は素人。そんなことが長く続くわけがありません。あっという間に数百万の損が出て……。それで懲りればいいものを、借金までして取り返そうとした結果、二千万の負債です。おまけに、よからぬ筋からも借金をしていたようで……」倉本さんは首を振った。

「もしかして、その肩代わりのために、家を売却されるということですか？」

「はい。そんなばか息子など勘当して、救ってやらんでもいいとは思いましたが、ふたりの孫が不憫《ふびん》で……」

「そこまでしてあげたなら、フッー、お父さんも一緒に住まないかってひと言があってもおかしくないですよね」妻が口を挟んだ。

「そんなやさしいことを言うような息子たちじゃありません」

捨てられたのはチロだけでなく、倉本さんも同じだということか……。

「私のことはいいとしても、チロは預かってくれないかと言ってみましたが、息子の嫁には犬アレルギーがあるとか、子どもの頃、犬に嚙《か》まれた嫌な想い出があるとか、そんなことで断られました。本当か嘘か分かりません……。挙げ句、センターで処分してもらったらって言い出しましてね」

「ま、酷《ひど》い」と妻が声を上げる。

「息子たちをアテにせんでも、きっとチロを引き取ってくれる人が見つかるだろうとタカを括《くく》ってたんです。それがなかなか見つからずに、ホームに入居する日が迫ってしまい……。私が甘かったんです。それでも随分と悩みました。ただ、もうどうにも手詰まりな状態になってしまって……。そして……すみません」

倉本さんは俯《うつむ》くと声を詰まらせた。チロが心配そうに倉本さんを見上げた。

「どんな事情があるにせよ、この子にはなんの落ち度もないのに、とんでもない過ちを犯してしまいました……。ごめんな、ごめんな、チロ……」

倉本さんの目にみるみる涙が溢《あふ》れ、嗚咽《おえつ》しながら洟《はな》を啜った。

チロが「クウーン」と切ない鳴き声を上げる。チロはすべてを理解しているのだと思った。

「ねえ、あなた、うちで貰《もら》い受ければいいじゃない？」妻が私を見る。

たったひと晩で情が移ってしまったのだろう……。それは私も同様だ。でも、私は口を閉ざして答えなかった。

「大体、もうそうしようって思ってるんじゃないの？　ほら、あなた、いつか言ってたでしょ。定年後に犬を飼いたいって。それが夢だって」

妻が賛成ならば、それに勝る援軍はない。だが、本当にそれでよいのだろうか。「お願いします」「引き受けます」……それではあまりに安請け合いというものではないか。同情や可哀想という気持ちに流されてはいないか。いい人になりたいだけじゃないのか。

この先、私たちにどんなことが起こるか分からない。健康を悪くしたりすることだってあり得る。そんなとき、手に負えないと投げ出したりしないだろうか。クロマルがいなくなってほっとしたあの頃の自分と、今の私はどこか違っているのだろうか。心の中で幾つもの思いが交錯する。しっかり考えるんだ、チロにとって何がいいことなのか……。

どれくらい沈黙していただろう。静かな室内には置き時計が時を刻む音だけが聞こえていた。

私は大きく息を吸うと、それをゆっくりと吐き出した後、姿勢を正した。

「分かりました。チロは大事な家族として面倒を見させて頂きます。私たちが親になりましょう」

「あ、ありがとうございます」

倉本さんがテーブルに額を押し付けるように頭を下げた。

「倉本さん、年下の私が偉そうに何か言うべきかどうか迷うところですが、チロを預かると決めたことに免じて言わせてください」

「はい、なんでも、おっしゃってください。遠慮は要りません」

倉本さんが大きく頷《うなず》く。

「倉本さんがしてしまったことは、そう簡単に許せることではありません」

「そもそも飼い主が犬を捨てる理由を考えてはいけないんです。たとえ、どんな事情があっても……。私の言うことなど、一部の心ない人間からすれば、きれいごとに聞こえるかもしれない。でも、そこを曲げてしまったら、曖昧《あいまい》にしてしまったら、しあわせな共存なんてあり得ません。だから、飼い主は、絶対的な覚悟を持たねばならないということです」

それは自分たちへの戒めの言葉なのだ。そんな思いで妻を見ると、妻は目配せをして応《こた》えた。

「今回、どんな形にせよ、ご縁があってチロを預かることになりましたが、しかし、それで倉本さんの過ちが帳消しになることはありません。罪を犯せば、その償いはしなければ」強い口調で私は言った。

「あなた、もういいじゃない。倉本さん、充分に反省も後悔もしているんだから」妻が割って入る。

「いや、だめだ。ちゃんとけじめは必要だ」

「もう、あなた……」

「いえ、いいんです、奥さん。ご主人の言う通りです……。しかし、何をすれば？」

倉本さんは涙と洟を手の甲で拭《ぬぐ》った。

「いいですか、ホームに移ったとしても、たとえ足が痛くても、倉本さん、共に命のある限り、チロに会いに来てください。これが、倉本さんに科せられた罰です」

倉本さんは「わっ」と声を上げて泣いた。と、次の瞬間、チロは倉本さんの膝《ひざ》に飛び乗り、まるで労《いたわ》るように倉本さんの顔を舐《な》めた。

晴れ、ところにより雨

「吉岡《よしおか》、ちょっとここ座っていいか？」

社員食堂で早めの昼食を摂《と》っていると、磯山《いそやま》から声を掛けられた。

私は、大崎《おおさき》にある東京中央放送、通称〝TCH〟というテレビ局にアナウンサーとして勤務している。入社して十七年になる。磯山は、現在アナウンス部の副部長であり、私が入社したときの新人教育係だった。当時から何かと小言……いや、アドバイスを頂《ちょう》戴《だい》している。

「どうぞ」

磯山は椅子を引くと、私の正面に腰掛けた。そして何やら含み笑いをすると、声を潜めながら「お前、独立するのか？」と尋ねてきた。

不意を突かれ「え？」と漏らしたまま、私が何も答えずにいると、磯山は「サンプロから誘われてるらしいじゃないか」と続けた。

サンプロとは老舗《しにせ》の芸能プロダクションのことだ。

「そんなこと、まったくないですよ。一体、どこからそんな噂が？」

私は咄嗟《とっさ》に嘘をついた。

「昨日《きのう》、サンプロの相川《あいかわ》さんから、ちらっと聞いたんだけど」

サンプロには、スポーツ選手や評論家、大学教授など、所謂《いわゆる》、文化人と呼ばれる人たちのマネージメントを専門とする部署があり、相川はそこの部長だ。

今年の夏頃から「うちに来ませんか」という誘いを受けていることは事実だ。だが、そう決めたわけではない。それにしても口の軽い人だわ……と内心、憤慨した。

「ああ、あれですねえ。ただの立ち話で言われたことですよ。よくある業界挨拶《あいさつ》みたいなものでしょう、きっと。ほら、言葉だけで実現しない〝今度ご飯でも〟的な……」

シラを切り通すのは得策ではないと思い、そんなふうにごまかそうとした。確かに最初は業界ノリの話かと思ったのだが、このところ熱心に口説かれてはいる。もっとも、メールでの話だが……。

「そうなのか……。まあ、サンプロのことは別にしてもな、今のお前なら独立の話があってもおかしくはないよな」

「だから……」と、再び否定しようとする私の言葉を遮り「いや、そうやって誘われるってのはいいことだとオレは思うけどな。商品価値があるってことだから」と言い、少し間を置くように手にしたコーヒーカップを口に運んだ。

「やめてくださいよ。それになんですか、商品だなんて。物みたいな言い方して、もう」

「そりゃあ、悪かった。そっか、独立話はガセか……」

磯山は少しだけ真顔になり、最後は呟《つぶや》くように独り言を言った。

「吉岡、これはまだ、いち候補という域を出ない話だから、そのつもりで聞けよ」

磯山はテーブルに身を乗り出し、そう前置きをしながら「来年の春からのS5《エスゴ》のキャスター候補に、お前の名前があがってるぞ」と告げた。

S5とは、夕方五時から始まる二時間枠のニュース番組のことで、正式名は〝スーパーファイブ〟という。不確実な情報とはいえ、充分に私を色めき立たせる響きがある。

「橘《たちばな》さんのサブってことですか？」

現在、スーパーファイブのメインキャスターを務めているのは橘涼子《りょうこ》だ。元々は、我が社のアナウンサーで、先輩にあたる人だ。私が入社したときには、若くして、夜、十一時台のニュース番組のキャスターに抜擢《ばってき》されていた。きりりとした風貌《ふうぼう》で、喩《たと》えるならば、宝塚《たからづか》の男役スターのような雰囲気がある。それでいて、男ウケするような色香を持ち合わせている。当時、並んで画面には収まっているものの、女子アナは、男性アナのサブ的な存在に見られがちだった。でも、橘の放つオーラは明らかに男性アナに勝っていた。

程なくして、彼女はメインの椅子に座り、トップニュースを伝える立場になったのだ。英語も堪能《たんのう》で海外の論客たちとも一対一で議論を交わし、癖のある政治家やどんな大物と対峙《たいじ》しても物怖《ものお》じせず、鋭く切り込む様はなかなか真似のできない芸当だ。

それから間もなく、橘は三十代半ばにしてフリーに転じた。番組が視聴率を稼いでいるのは橘あってのことだとなれば、独立後の続投は誰もが納得のいくことだった。

五年前、大改編が行われた際、満を持してスタートした大型ニュース番組〝スーパーファイブ〟のメインキャスターの座に就いた。現場主義を掲げる橘は、東日本大震災の混乱の中、いち早く現地に足を運び、その取材を行う姿は視聴者からの信任を勝ち得た。紛れもなく〝TCHの顔〟となったのだ。そんな橘は、私にしてみれば、目標……いや、憧《あこが》れの存在と言っていい。

　ところが、この頃、彼女には少し逆風が吹き始めているようだ。

「あのな、橘は降りるよ」

「え？」

「まあ、数字も下降気味で他局に抜かれる日も多くなったからな。それに、ここんところ、彼女の周辺は何かと騒がしいし」

　橘は昨年、ひと回りの年齢差がある通信社役員と電撃入籍し、世間を驚かせた。ただ、相手が離婚して間もなかったせいもあり、週刊誌には『橘涼子、略奪婚』などという文字が躍った。

「それに、例のコメントがな……」

「ああ……」と私は息を漏らした。

　今年の春先に起こった、我が子を虐待死させたニュースを扱った際、橘はコマーシャルに入る直前に「この母親の気持ちも理解できなくはありませんが……」と、容疑者の母親を擁護したと取られてもおかしくないコメントを残した。勿論《もちろん》、橘の本意ではない。

事実、それに続くコメントは「様々な状況で追いつめられたとしても、到底、許されることではありません」というものだったようだ。ちゃんと聞いていれば文脈を捉《とら》えることは可能だ。だが、コマーシャルに遮られ、その発言は途中で切れてしまったのだ。

その直後、局には苦情の電話、ファックス、メールが多数寄せられた。「子殺しを容認するとはなんだ！」「子どもがいないのに分かったようなことを言うな！」などというものだ。放送中、釈明したものの、視聴者が離れた原因のひとつになったとも言われている。

「事実や本意は別にしても、略奪婚だ、虐待擁護だと続いたからな。それに高額のギャラのこともある。とはいえ、それまでの貢献度を考えると、上の方もなかなか切る踏ん切りがつかなかったんだろう」

「じゃあ、どうして今になって？」

「ご懐妊らしい」

「妊娠……ですか？」

「ああ。これが公になれば善くも悪くもまた騒がれるだろうしな。ま、四十半ばの高齢出産だ、大変だろうって親切心を装い、お引き取り願うって寸法だろう。ま、そんなこんなで、吉岡、お前を推す声があるのはホントだ」

正直、候補にあがっていることは嬉《うれ》しい。しかし、妊娠が降板させられる理由になり得るとは……複雑な思いが胸を過《よぎ》った。

「それにしても、吉岡、お前、遅れてきたモテ期だな」と、磯山はからかうように笑った。

「遅れてきたは余計ですよ」私は笑い返した。

「吉岡は、アナウンス部でも堅実派だし、普通の原稿を読むだけのニュース番組なら安心して任せられるタイプだ。しかし、キャスターとなると、いまひとつって感じがなあ……。なんていうか、今までのお前には味がなかったから……」

味がないかあ……。昔、おなじことを言われたことがある。


私は高校で演劇部に属していたが、その三年間で一度も主役の座を射止めることができなかった。台詞《せりふ》の覚えも、滑舌の良さも他の部員より勝っているという自負はあったにも拘《かか》わらず……。

「吉岡の台詞は的確なのはいいんだけど、どうも味がない」

顧問から指摘された言葉が胸に深く突き刺さった。一方で、人知れず負けず嫌いな私は、ならばどんなふうに進めばよいのかと考えたのだ。それがアナウンサーを志した理由だ。安っぽい動機かもしれないが、十代の私にとっては大きなモチベーションとなった。女の子にモテたいがためにバンドを始めた男の子と同じだ。いつか私だって主役の座を射止めてやるんだ……。大学へ進学してもその思いは変わらず、結果、第一志望の

TCHにアナウンサーとして入社できたのだ。

しかし、しばらくの間、モヤモヤとしたものがつきまとっていた。

私が最初のレギュラーに就いたのは、早朝のワイド番組でのお天気コーナーだった。その後プロデューサーから「表情が硬い。もっと笑顔で頼むよ」と何度も注文された。その後すぐに、スポーツコーナーを任せられたものの、子どもの頃から運動は苦手で、実経験の乏しい私は苦戦を強いられた。おまけに『スポーツチャレンジ』という企画があり、レポーターとして様々なスポーツに挑戦させられた。あまりの運動音痴ぶりに、失笑を買うこともしばしば。いくら新人とはいえ、こんなことをするためにアナウンサーになったんじゃないと落ち込んだ。

以後、番組と番組の間にある五分間ニュースや、夕方のニュース番組で事件、事故の現場からレポートする役割を与えられたが、とても〝自分の番組〟であるというには程遠いものだった。

が、そんな私が昼前のニュース番組を担当することになった。入社して七年が過ぎていた。コンビを組むのは磯山だった。磯山が推してくれたのだ。十五分という短い番組だったが、やっと自分の場所を見つけた気分だった。

担当をしてから一年後、私は交際していた橋本和紀《はしもとかずのり》と結婚をした。

和紀とは大学で一緒のゼミに籍を置いていた。彼は卒業後、財閥系の商社に入った。OB会の集まりで再会した彼からは仕事の充実ぶりが伝わり、そんな姿に心を惹《ひ》かれた。

それから連絡を取り合うようになり、やがてつきあうようになった。

もっと遅い結婚でもよいと考えていたのだが、その頃、友人や同僚の結婚ラッシュがあり、なんとなくその毒気というものに当たったということもある。更に、自分の思うようにならない仕事に弱気になっていたのかもしれない。

私たちは三十路《みそじ》を超えて結婚をした。そして、その二年後、私は息子を授かった。出産をし、一年後には復帰したものの、昼のニュース番組には戻れなかった。育休のタイミングが丁度、春の改編時に重なったため、私の後釜《あとがま》にはふたつ下の後輩が据えられた。

子育てをしながら仕事をするのは大変だろうという配慮もあり、ドキュメンタリー番組などのナレーションが私の主戦場となった。確かに時間の融通が利くことはありがたかった。

もう少し息子が大きくなれば、チャンスも巡ってくるだろうと思っていた。ところが、なかなかその座席を与えてもらえなかった。ふと、もうだめなのかもしれない……最悪、他の部署への異動ということもあるのではないかと不安になった。

そんな状態が五年近く続いた。が、思わぬ転機が訪れた。

昨年の秋、月曜から金曜に放送されている二時間のワイド番組〝ヒルナマ〟に関わることになった。司会者は関西の系列局の元アナウンサー、副島努《そえじまつとむ》。加えて、若手の男性、女性アナウンサーがアシスタントに付き、日替わりのコメンテーターが並ぶというスタイルのものだ。

曜日ごとに〝片付けの達人〟〝究極のグルメランチ〟〝格安バスツアー体験〟などといったありがちな主婦向け企画が中心だが、事件や事故が起きれば、それを重点的に掘り下げる。

政治や経済の話題であっても、大阪弁を交えた副島の芸人顔負けの軽妙な語り口は、分かり易く面白いと視聴者から好評を得ている。

私は番組最後のコーナーでニュースを伝えるのだ。だが、私はそのスタジオにはいない。

「それでは、報道フロアからニュースをお伝えします」と、別階にある雑然とした報道局から、複数のモニターを背負ってニュース原稿を読む。正直なところ、私が望むものとは少しばかり違ってはいたが嬉しかったのも事実だ。

事件、事故のニュースを読み、大体、最後は季節や各地の行事など、ほのぼのとした話題と決まっている。それを読み終えると、一分程度、副島との短いやり取りが始まる。

スイカの初出荷の様子を伝えると「吉岡さんは、スイカのどの部分が好きなん？」と尋ねられ、クリスマスのイルミネーション点灯の話題の後は「吉岡さんちのツリーのお星様は、金？　銀？　それともピンク？」などと、ふざけた質問を投げかけられた。最初のうちは、どぎまぎして巧《うま》いコメントを返せなかったのだが、次第に慣れてくると、徐々に会話のキャッチボールができるようになった。

そして〝母親が作るお弁当コンテスト〟の話題の後、副島がいつものように問い掛けた。

「吉岡さんは、お子さんにお弁当は作りますのん？」

「保育園に通ってるので、毎朝、作りますよ」

「へえ、ちゃんとええママやってんねん。今度、僕にも愛情たっぷりのお弁当作ってもらわれへんかなあ」

と、咄嗟《とっさ》に私の口から「なんでやねん」と出た大阪弁終わりでコマーシャルに切り替わった。スタジオに笑いが起こった。

翌日、悪ノリした副島は「それでは報道フロアから、直子《なおこ》ママにニュースを伝えてもらいましょう。あ、ママゆーても、飲み屋のママさんちゃいますよ」と振ってきたのだ。

「はい、副島さん行きつけのお店のママさんじゃありません。アナウンサーの吉岡がお伝えします」とやり返した。

以後、副島は「直子ママ、ニュースをお願いします」と、必ずそう振るようになった。

スタッフの間でも妙に評判がよく、当たり前のように彼等も私のことを「直子ママ」と呼ぶようになった。不思議なもので、それは視聴者にも受け入れられ、街を歩いていても、見知らぬ人から「直子ママ」と声を掛けられる程だ。

加えて、雑誌の取材が相次ぐようになった。特に〝子育て〟や〝働くママ〟の特集を組んだ月刊誌からのオファーは増えるばかりだ。

更に、会社の公式サイト内で〝ママアナ・吉岡直子の家族参観日〟というブログを任された。息子のお弁当や季節の行事などの写真をアップし、簡単なコメントを書く。今では三本の指に入るアクセス数を獲得している。

この辺りの状況が、磯山の言葉を借りれば〝遅れてきたモテ期〟ということになるのだろう。ただ、その反面「何もあの人だけがママさんアナウンサーじゃないのに」という陰口が聞こえてこないわけではない。

「しかしなあ、何が幸いするか分からんものだなあ」

磯山はにこやかに首を振った後、おそらく冷めてしまったコーヒーをひと口飲んだ。

「私もそう思います。最初は余計なことは振らないでって困りましたけど、副島さんとのやり取りで、なんとなく周りの反応を考えてコメントできるようになりました。こう言われたら、こう返せばいいとか」

「柔軟性というか臨機応変というか、そういったものが身に付いた感はあるな。ま、ちょっと時間はかかり過ぎだが」

「すみません……遅咲きで。ま、でも、副島さんには感謝しないと」

「お前が堅実なタイプだから、その部分をいじったら面白くなるって、副島はそう踏んだんだろう。なまじ、バラエティー慣れしてるようなヤツだったら、中途半端でつまらなくなっただろうし」

「ただ……」

「ん、ただ、なんだ？」

私は少し間を置いた。

「でも、こんなふうに評価されていいのかな、目立っていいのかなって……」

「何を今更」

磯山は呆《あき》れたように笑った。

「アナウンサーになりたいなんて思うやつの本質は目立ちたがりなんだ。自己顕示欲の塊だ。でなけりゃ、公衆の面前で何か喋《しゃべ》るなんて下品なことはできないよ。ははは、オレもお前も同じだ」

アナウンサーを志した理由は、どんなに格好をつけてみても、まさに目立ちたいということなのだから……。

「だが、悩ましいのは、アナウンサーの仕事は本来、黒子に徹することだ。出しゃばっちゃいけない。でも、キャスターとなれば、自分の意見も言わねばならない場合もある。そのキャスターへ手が届くかもしれないんだぞ。結果オーライだろうがなんだろうが、ありがたいと思え」

「はあ、そうなってくれればいいですけど……」

「だがな、もし、そうなった場合、お前、大丈夫なのか？」

「え、どういうことですか？」

「子どもはいくつになった？」

「六歳です。来春には小学生になります」

「そうか……。なーに、夕方の番組となると、かなり生活のリズムが変わってくるぞ」

「大丈夫ですよ。うちには母をはじめ、レスキュー隊がたくさんいてくれるので」

家族の協力体制を強調し、私は笑ってみせた。

「そうか、それなら安心だ。身辺整理っていうと、なんか悪さをしてるみたいだが、つまらんことで足を掬《すく》われないように気をつけろよ。ま、もっとも、お前にスキャンダルは無縁そうだけどな」

磯山は何度か頷《うなず》きながら席を立ち「まあ、あんまり期待せずに正式なお達しを待て。もしだめだったら、残念会をしてやる」と、私の肩をポンと叩《たた》いた。

「はい、お願いします。っていうか、ちゃんと援護射撃してくださいよ」

「ああ、分かった分かった」

磯山は軽く手を振って応《こた》えた。

私は磯山の姿が見えなくなると小さな溜息《ためいき》をついた。よい情報を教えてもらったというのに、心中は穏やかではなかったのだ。

ふと窓の外に目を向けると、鉛色の分厚い雲が都心の空を覆っていた。

土曜日曜は、余程、急な呼び出しがない限り、息子の相手をしながらママ業に精を出すというのが、これまでの週末の過ごし方だった。

しかし今は、土曜の朝を迎えると憂鬱《ゆううつ》な気分になる。息子の拓海《たくみ》を夫が連れて、松戸《まつど》にある夫の実家へ帰るのだ。そして一泊して日曜の晩に戻る。夫が義母とそんな約束をして二ヶ月が過ぎた。

「ね、どうして勝手にそんなこと決めてきたのよ？」

「しょうがないだろう、母さんがそう望むんだから。平日はさ、君の両親が拓海を独占してるわけだし、母さんだって孫の顔は見たいと思うだろう？　それとも、母さんにこっちに来てもらう？」

それは絶対に避けたい。嫌々、承諾した。

そして今朝も、渋々ながらふたりを送り出す。

私は玄関で靴を履いた息子を床に両膝《りょうひざ》を突いた姿勢で抱きしめた。

「ほら、拓海」

夫がそう言って私から息子を引き離そうとする。息子はそれを嫌うように私の首にしがみついた。息子の身体からほんのりとした温《ぬく》もりが伝わり、愛《いと》おしさが増す。

先週、息子は戻って来るなり「ねえ、ママ、どこかに行っちゃうの？」と泣きべそをかいた。

「そんなことないわよ。どうして？」

「だって、松戸のおばあちゃんが……」

聞けば、義母から「ママがいなくなっても、おばあちゃんが居れば拓ちゃんは平気だよねえ」と言われたらしい。

そういうことまで言ってるのっ。腹立たしくて、悔しくて、そして情けなくなり、思わず涙が溢《あふ》れそうになった。

私はもう一度、息子の背中に回した指先にぎゅっと力を込めると、ゆっくりとその腕を解いた。

「ママはちゃんとお家で待ってるから、大丈夫だからね。はい、じゃあ、いってらっしゃい」

夫と手を繋《つな》ぎながら、外通路をエレベータへ向かう息子は不安そうに何度も振り返った。私は精一杯の笑顔で手を振った。

それにしても、義母は厄介な存在だ。私たちの生活にあれこれと口を出す。それは今に始まったわけではない。

結納の席で「直子さんには結婚したら、しっかり家庭を守ってほしいの。和紀は繊細な子だから、労《いたわ》ってあげてね」と、暗にテレビ局を退職し、専業主婦になることを望んでいることを仄《ほの》めかしたのだ。

嫌な予感程、的中するものだ。

のよ」

「直子さんは橋本の嫁なのよ。だから、アナウンサーの人と結婚するなんて心配してた

私が夫姓を名乗らず、旧姓のまま仕事を続けることも、義母は気に入らなかった。

結婚当初、私たちは白金台《しろかねだい》に新居を構えたのだが、その留守宅に義母は頻繁に上がり込んだ。

「洗濯物が溜《た》めてあったから、洗っておきましたよ」「もう少し家の中は片付けておかないと、和紀が疲れて帰ってもリラックスできないじゃない」ある時は「和紀の好物を作っておいたから……」と夕食の支度までした。

それは私にとって粗探しに他ならない。のみならず、クローゼットの中から冷蔵庫まで開けられているのだ。いくら夫の母親であっても許し難いし、何より気色悪い。

「どうして、お義母《かあ》さんに部屋の鍵《かぎ》渡したの？」

「マズかったか？」

「当たり前じゃない」

「でもさ、掃除洗濯、それにメシまで作ってもらえたら、家政婦を雇ってるみたいで、君も楽なんじゃないの」

夫は暢気《のんき》なことを言って、私の気持ちを逆なでした。

「ねえ、お義母さんに、あまりうちのことに口を出さないでって、あなたから言ってもらえない？」

「母さんは色々と心配してくれてるんだよ」

「そうかもしれないけど……」

「じゃあ、君から言ってみれば」

「もうっ、それができれば何も苦労はないのよ」

交際中は、頼りがいのあるように見えた和紀だったが、とんだ見当違いだった。

「男なんて、大なり小なりマザコンなんだから」と友人が言っていたが、夫は〝大なり〟の方だった。百歩譲って、それが親思いの現れとしても、妻がSOSを発信しているときに味方になってもらえなければ辛《つら》い。

息子が生まれてから、義母の口出しは子育てにも及んだ。

「拓ちゃんは、橋本の孫なのよ。おばあちゃんの私にも責任があるの」と、私の好みとは違うベビー服などを買い込んで押し掛けてきた。

一年間の育休を終え、仕事へ復帰することになり、私の実家近くにある大井町《おおいまち》の賃貸マンションへ引っ越しをした。近くに息子の面倒を見てくれる人がいるのは心強い。ましてや、実の母だ。わがままや無理も言えて塩梅《あんばい》がいい。意外にも、夫からの反対がなかったのは好都合だった。だが、当然、義母の怒りに触れた。夫は引っ越しが決まった後、しばらく文句を言われ続けたようだ。

「直子さんの実家にばっかり入り浸っちゃって、こっちには全然、顔を出さないんだから」

番組の最中に「実家の母に助けてもらっているので」とコメントしたことが、相当気に入らなかったらしい。事実とはいえ、確かに迂闊《うかつ》なことを言ってしまったと後悔はしたのだが……。

それでも義父が察してくれて「まあまあ、母さん、和紀もいい大人なんだし放っておきなさい。それに直子さんのやり方だってあるんだろうし」……といった具合に、義母という押し寄せる高波の防波堤になってくれていた。だが、その義父は一昨年《おととし》、心不全で他界した。

「母さんが、松戸で一緒に暮らそうと言ってるんだけど」

義父が亡くなった直後、義母との同居話が一度持ち上がった。そんなことは絶対に承諾できない。

「拓海の保育園のこともあるし」

「小学校へ上がるタイミングならどうだ？」

「まあ、そうねえ……でも、やっぱり松戸は微妙に遠いしね。遅くなったらタクシー代もかかるし」などと、話が出るたび、のらりくらりと夫をかわした。

そんな事情もあり、できるだけ義母に突かれまいと注意を払った。だが、ときとして、ちょっとした油断から思わぬ失点をすることがある。

今年の夏の終わり……。その日の晩、急なナレーションの仕事が入り、夫に息子の世話を頼んで局へ向かった。息子は前日から風邪気味で熱があったので気がかりではあったが、夫がいれば大丈夫だろうと思った。

収録が終わり、バッグの中のスマートフォンを手にすると、慌てたような声で、夫からの留守番メッセージが残されていた。

——おい、拓海を救急病院に連れてきた。中耳炎だった。

私がうちを出た後、息子は耳が痛いと泣き出したらしい。幸い、大事には至らなかったが、後日、義母の知ることになった。黙っていてくれればいいものを、夫が喋《しゃべ》ってしまったということだ。

——拓ちゃんを放ったらかしにして、それでも母親なの？　もしものことでもあったらどうする気だったのっ。仕事と拓ちゃんとどっちが大事なのっ。もう、とてもあなたには任せてられないわ。

電話を掛けてきた義母は、鬼の首でも取ったような勢いで私を責めた。しかし、このときばかりは分の悪さを感じていたので、ただひたすら詫《わ》びた。

だが、一度弱みを見せると、つけこまれるのだ。それが〝週末のお泊まり約束〟に繋がってしまった。

しばらく様子見するつもりで、ふたりを義母の許《もと》へ送り出していたのだが、先週、夫の口から信じ難い言葉が出た。

「母さんが『いっそのこと別れたらどうなの』って言ってるぞ」

「なんで、そうなるのよ」

「それは君が」

「え、私のせいなの？」

「オレだって大変なんだ。仕事で疲れてるし。君がうまく母さんと折り合いをつけてくれれば、こんな余分な苦労はしなくて済むのに」

「いいじゃない、あなたはお義母さんのこと、大好きなんだから」

本音ではあるが、つい不用意なことを口走ってしまった。

「……君がそういう態度をとるなら、母さんが言うことも考える必要があるかな……。もし、そうなったら拓海はオレが引き取る」

「冗談言わないでよ」

「君にはお兄さんがいて、子どもたちもいる」

私の兄夫婦には、小五の息子と小三の娘がいる。

「君の両親には、拓海以外にも孫がいるわけだし。でも、オレはひとりっ子だから、母さんにしてみれば、孫はこの世で拓海ひとりだけなわけだし。母さんのためにも親権は譲れない」

夫との間にも溝ができてしまった。

「じゃあ、調停でも裁判でも起こせばいいじゃない。どうせ、勝てっこないんだから」

実際、まず母親の私が負けることはないだろう。多くの判例がそれを物語っている。

「ちょっと待てよ、オレはもしもの場合を言ってるだけで、何もその……」

夫は怯《ひる》んだのかトーンダウンした。

この一週間、その話題に触れることなく過ごしているが、いつなんどきぶり返さないとも限らない。

困ったなあ……。そんなことが現実みを帯びてきたら……。問題は勝ち負けの結果ではなく、その争いの間にあるものなのだ。

〝良きママさんアナウンサー〟として評判を得た私だ。離婚だけでもマイナスポイントになりそうな上に、親権争いで、調停あるいは裁判沙汰《ざた》となれば、女性誌やスポーツ紙の格好の餌食《えじき》になる。きっと、あることないこと書き立てられる。『人気ママさんアナの裏の顔』『キャリアのために息子を捨てる』『親権争いドロ沼』……通勤する電車の中《なか》吊《づ》りに躍る見出しが浮かんでくる。

上層部の判断は火を見るより明らかだ。キャスターへ続く道は閉ざされることになるだろう。

午後二時を過ぎた頃、インターフォンが鳴り、来客を伝えた。モニター画面を覗《のぞ》くと父の姿が映っていた。

「直子、お父さんだ」

息子を迎えに行ったとき、実家ではよく顔を合わせる。だが、父がこのマンションを訪ねて来るのは稀《まれ》だ。いや、引っ越し以来、初めてではないか。

玄関に招き入れると「珍しいわね、どうしたの？」と訊《き》いてみた。

「お母さんも出掛けたし、ちょっとぶらりと散歩に出たついでに寄ってみた」

「雨降ってるのに、散歩？」

「まあ、気まぐれだ」

父は濡《ぬ》れた傘を、玄関口に置いた傘立てに差し込んだ。

「でも、来るなら連絡くれればよかったのに」

「ああ、まあ、留守ならそのまま帰ればいいと思って。電車に乗ってわざわざ来たんじゃない。すぐそこから歩いてきただけのことだから」

リビングに通すと、父は室内を見回した。

「家具が入ると、大分様子が違うな。ほう、改めて見ると眺めもいい」

「二十五階だからね」

南西の角部屋からは、晴れていれば富士山が見える。

「あ、そうだ、これ買ってきた」と、父は手にしていた袋を持ち上げた。

「何？」

「たこ焼きだ。先週、そこの商店街に開店した店があってな。前を通りかかったんで、ま、なんとなく……それに少し寒かったし」

あれこれと考え込んでいたせいで、昼ご飯を食べるのも忘れていた。気づけば少しばかり、おなかも空《す》いた。

「じゃあ、お茶淹《い》れるから、そこに座ってて」

父にソファを勧め、対面式のキッチンに入ると、お茶の用意を始めた。

「ねえ、お母さん、出掛けたって、どこに行ったの？」

「ああ、渋谷のヒカリエで芝居があるとかで。なんか粧《めか》し込んで出て行ったぞ」

「あ、今日だったのね」

母に頼まれて私が手配したものだ。大人気のブロードウェイミュージカルで、よい座席は入手が難しく、私は所謂《いわゆる》〝業界人の特権〟を活《い》かし、広告代理店の知り合いを通じて手に入れた。日頃、息子を預かってもらっている、恩返しの意味もある。

「はい、どうぞ」

お茶をテーブルに運ぶ。父は袋からパックを取り出し、貼られたセロハンテープを丁寧に剝《は》がした。蓋《ふた》を開けた途端、微《かす》かに湯気が上がり、ソースの匂いがほんのりと香った。

「いただきます」

私は楊枝《ようじ》の先をたこ焼きに突き刺し、それを口に放り込んだ。

「美味《おい》しい」

「そうか、うまいか」と、父は笑顔を作った。

子どもの頃、いつも帰りの遅かった父が、ケーキの箱をぶら下げて帰宅することがあった。それは年に二、三度のことだったが、普段、あまり相手をせずにいた子どもたちへの罪滅ぼしと、母へのご機嫌取りのつもりだったのだろう。いずれにせよ、我先にと、兄と私が競い合うように手を伸ばす様子を、父は今見せたような笑顔を浮かべながら嬉《うれ》しそうにしていたっけ……。ふと、そんなことを思い出した。

結局、父が一個だけ食べ、あとは全部私が食べた。

「ものが喰《く》えるなら大丈夫そうだな」

「ん？」

父は静かに湯飲み茶碗《ぢゃわん》を置いた。

「いや、何、お母さんが、お前のことを心配してたんで」

母にすべてを打ち明けているわけではないが、義母について愚痴をこぼすことはよくある。

「お母さんから聞いたんだ……」

ぶらりと父が立ち寄るなどということは、どこか腑《ふ》に落ちなかったが、これで合点がいった。

「まあ、離婚を勧めるという和紀くんのお母さんにも困ったもんだが……。ま、でも、人はそれぞれ考え方も言い分も違うもんだからなあ」

「ホントに、いざとなれば、お義母《かあ》さんの望む通り、和紀と別れてもいいって思ってるのよ」

「なんだ、すっかり愛情もなくなったか」

目尻《めじり》に皺《しわ》を寄せて微笑む父に「愛情かあ……」と返し、視線を宙に向けた。

「冷静に考えるとね、お義母さんのことを除けば、和紀はまあまあ合格点の旦那《だんな》だと思うわよ。仕事は真面目にがんばってるようだし、拓海の相手もよくしてくれるしね。そりゃあ、つきあってた頃の愛情とは違ってきたかもしれないけど……。やだ、なんか、お父さんとこんな話するのって照れるわ」

私はひとり苦笑いをした。

「まあ、いいじゃないか、たまには……。そっか、場合によっちゃ離婚も仕方ないのかと思ってたが……ま、まだ大丈夫そうだな。少し、安心したよ」

「安心はまだ早いわよ。なんせ、あのお義母さんが控えているんだから……でも、もし離婚するにしても、今はちょっとタイミングが悪いのよねえ」

「ん、まだ何か問題でもあるのか？」

「それがね……」

私は、キャスター候補に名前があがっていること、サンプロから誘いがあること、それに絡んで揉《も》め事は禁物であることをかいつまんで説明した。

「そうか、きっと直子にとっていい話なんだろうな」

「勿論《もちろん》、そうよ。それがさ、仕事が順調になってきたっていうのに……。どうしてこうなるのかなあ？」

「そりゃあ、天気予報じゃないが、晴れ、ところにより雨ってやつだな」

「ン？」

「運悪く、その〝雨の降るところ〟に、よりによって当たったって感じか？　しかも傘を持たずに出てきてしまったときみたいに」と、父は小さく笑った。

「ああ、まあ、そんな感じかな。気分的にはゲリラ豪雨に打たれてる感じだけど……。それにね、ふと自己嫌悪に襲われるのよ」

「また、どうして？」

「会社にも黙ったまま、揉めずに離婚して、親権も譲れば……もし、そんなことができれば、キャスターの椅子が容易に手に入るのかもしれないって頭の隅を掠《かす》めるのよ。それって、拓海を捨ててキャスターの道を手に入れるってことじゃない？　あ、誤解しないで、絶対、そんなことはしないわよ。しないけど……ただ一瞬でも、そんなことを考える自分が許せないの」

私は大きく息を吸って、それをゆっくりと吐き出した。

「あれもやりたい、これもやりたいって思うことはそんなに悪いことじゃない。普通、親なら、あんまり欲をかくんじゃないとか諭すところだろうが、いいじゃないか、欲張っても。お父さんだって、出世したい、お金もほしい、家族としあわせに暮らしたい、それにあわよくば女の人にもモテたいと思ったもんだ」

最後のひと言には、娘として眉《まゆ》をひそめた。

「だから、ただそう思ったっていうこと。現実はそんなにうまくはいかない。それに人生には予期せぬ雨が、突然降り始めることもある。ほら、お父さん、親会社から出されただろう」

父は元々、スーパーゼネコンと呼ばれる建設会社に勤めていた。だが、私が高校生の頃、ビルのメンテナンス業務を請け負う子会社に出向となった。

「派閥争いに巻き込まれてな。お父さんたちの仲人《なこうど》だった営業一部の部長と二部の部長が出世争いをしてた。ところが談合疑惑が取り沙汰《ざた》されて、うちの部長が詰め腹を切らされるっていう噂が広がった途端、みんな二部の部長に擦り寄った。ま、それも分からんでもないが……。でも、仲人までしてもらった人を裏切るわけにもいかないって、お父さんはちょっとばかり突っ張ったもんだから。で、結局な……。」

詳しい事情を初めて聞いた。そんな経緯があったなんて……。

父は視線を遠くへ向けると話を続けた。

「世間に名の通った会社にいたんだぞ。親会社の名前を言わなきゃ分からないような会社に飛ばされて面白いはずがない。営業成績だってトップクラスだったという自負もあったし。それだけに、ああ、オレも向こうに擦り寄っておけば出世できたんじゃないかって、しばらく悔やんだもんだ。だが、ずっとウジウジしててもしようがない。だから、お父さん、がんばった。闘わずして負けるのも悔しいからな。お父さんを飛ばしたやつらを見返してやりたかったし。それからは攻めの営業でどんどん契約を取ったよ。どんなに手強《てごわ》い交渉相手だって、なんとか懐に入ろうと、もう形振《なりふ》り構わずだ。相手が気持ちよく『うん』と頷《うなず》いてくれるなら、よいしょもすれば、銀座にゴルフにと接待もした。それでもだめなら、あとは、まあ、色々と……」

父は小さく鼻を鳴らし、にやりと笑った。

「え、色々って、何？」

「色々は色々だ。それについてはノーコメント。マスコミ関係者の前では言えないなあ」

今度はおどけるように父は笑った。

「お父さんは直子の仕事のことはよく分からんが、人様に何かを伝えることが仕事なんだろう。それも百万人とかいう単位でな。そんな場に立とうとするお前が、たったひとりくらい説得…… いいや、懐柔できなくてどうする？」

「そうだけど……」

「厭《いや》なことから目を背けたり、逃げようとするような者に、キャスターなんて大役は、とても務まらんだろう？　図太く、したたかに、そして臨機応変に、だ」

父に言われるまでもなく、本当は気づいていたのだ。義母と向き合おうともせず、ずっと逃げていたんだと……。そして自分に足りないものを……。

私は咳払《せきばら》いをすると「お父さん……」と呼びかけた。

「ん？」

「私……私さ、これから松戸に行ってみる」

「そうか……。なーに、お前なら巧《うま》く立ち回れる、心配ない」

「うん、ありがとう、お父さん……。でも念のため、お義母さんの好きな栗羊羹《くりようかん》を持って行くわ。お父さんを見習って、ワイロ持参ということでね」

「おいおい、人聞きの悪いことを言うなよ」と首を振った後、父は嬉《うれ》しそうに高笑いした。そんな父の肩越しに見える空が、ほんの少し明るくなってきたようだった。

あとがき

本書は、『ほのかなひかり』『こころのつづき』に続き、角川書店から出させていただく三作目。『野性時代』と『デジタル野性時代』に掲載した八話を収めたものです。

本書も、これまでの作品同様、家族の中で起こる様々な物語。登場人物はみな、大なり小なりの問題を抱えてはいても、それでも歩みを進めようとする姿を描きました。絶対的な解決には至らなくとも、すっきりとしたハッピーエンドではないにせよ、ラストには小さな光を残しました。

連載開始前、担当編集者から、作品は読み切りスタイルでありながら、一冊にまとまったとき、何か共通した出来事が背骨のように一本通った短編集にしたいと提案され、打ち合わせを重ねた結果、どの作品にも、あるひとつの事件のことを、それぞれの登場人物が自分の置かれた状況になぞらえて語るものにしようということになりました。「分かった」と、安請け合いをしたものの、そういう仕掛けをすることで、書き手としては設定などが制限されることになり、しばしば苦戦したものです。

『ひとごと』という本書のタイトルは、一見、無関心であったり、関わり合いの薄さをイメージさせるものですが、世の中のどこか、遠くで近くで起こっている様々な出来事、あるいは事件事故は、決して他人《ひと》事ではなく、もしかすると、いつ何時、我が身に降り掛かってくるかもしれない問題であり、そのとき、どう自分と対峙《たいじ》するかで、結末が大きく違ってくるような気がします。〝人の振り見て我が振り直せ〟の言葉通り、もし自分が迷ったとき、あるいは道を踏み外しそうになったとき、踏み留《とど》まらせてくれるチカラ、いやヒントになってくれたらよいと考えています。

さて、連載中、陰日向《かげひなた》になり支えてくれた、僕の担当、鈴木さん、丹羽さん、高橋くん、イラストの永島壮矢さん、小松聖二さん、それから角川書店の多くの部署の方々に感謝です。また、いつも本の表紙を描いてくれる木内達朗さん、ありがとうございます。

そして読者の方々に、感謝です。

それでは皆様、また、次の作品でお会いしましょう。

二〇一四年、春。作者。

本書は二〇一四年二月に小社より刊行された単行本を文庫化したものです。

解説　優しい気持ちになれ、ホッとできる癒される一冊です

TBSテレビアナウンサー　秋沢淳子《あきさわじゅんこ》

ある日、突然、森浩美《もりひろみ》さんからメールが来ました。
日頃、メールのやり取りなんて、していなかったので「何だろう？」と思ったら。

「どーも、森です。
実は5月に角川より「ひとごと」の文庫が出ます。
で、その解説文をお願いできるか否かの相談です。
400字原稿用紙、5～10枚です。
どうでしょうか？
森」

『ぎゃ――――！
わ、わ、私に!!
そんな高度なことが、出来るわけ、ないじゃないですかっ!!

すごく光栄ですが、森さんのご本に解説文だなんて…。一万年早いです。

私は、その他の、小間使いなら何でもしますけど、解説文は、ご勘弁ください。秋沢』

「ありゃ、できないんかい、ははは。最後の砦《とりで》だと思っていたのに。ま、そんなに難しいことではないです。要は褒めてくれればいいんだもの。」

『私、文章、何よりも苦手で！褒める事は出来ますが、森さんのご本なんて、怖すぎです！アナウンサーは、人が書いたものをお伝えするのが仕事でして、気の利いた文章なんて、書けないんです。どーしてもと言われるなら、死ぬ気でやりますが、死ぬかもです。』

「んじゃあ、一度、死んでみっかね、ははは。」

……という経緯で書くことになった解説文です。

最初から読者の皆さまに謝るのもなんですが……文章を書くのは苦手です。ごめんなさい。

ようやく、本題。

森さんとの最初の出会いは、もう、10年以上前のことになるでしょうか、ある日舞の家元のプライベートなホームパーティーでした。

私は、長いこと、様々な社会福祉活動（ボランティア活動）をしていて、家元ともそれをきっかけに親しくなり、私的なお食事会にもよくお呼びいただいていました。

森さんは、実にさわやかに登場し、偉い作家先生であるはずなのに、偉ぶることもなく、明るく楽しく親しみやすい方で、すぐに好きになったことを覚えています。

神出鬼没な森さんとは、常に色々な社会福祉関連のイベントやパーティーでご一緒させていただいています。一度、森さんが副会長を務める、一般財団法人日本ドッジボール協会のイベントの司会をお手伝いさせていただきました。えっ？　森さんがドッジボール？　と思われる方も多いかもしれませんが（いや、ひょっとしたら、ファンの皆さんにとっては当たり前の事実ですね）、ドッジボールを全国に広めることにかける森さんの情熱はすごいです。試合にも出向き、全国の小学生たち、運営スタッフの皆さんに、それはそれは優しい眼差《まなざ》しを向けていらっしゃいます。単に名前だけの副会長ではないのです。
私はTBSテレビで社員としてアナウンサーをやっていますが、プライベートでは、
SPUTNIK International（スプートニクインターナショナル）という国際交流支援、
国際教育支援、国際協力を三本柱とする一般社団法人を設立し、スリランカやガーナで
様々な支援活動をしています。スリランカやガーナの子供たちにもドッジボール用のボ
ールをご寄付いただきました。私は、このスプートニクを主軸にプライベートな時間を
使って、女性問題、動物関連、障害者問題、児童養護施設支援、東日本大震災後の被災
者支援、各種団体の国際会議サポート等々、あらゆる場面で自分ができることを精一杯
お手伝いさせていただいています。こんなことを言っては、はなはだ僭越《せんえつ》で申し訳ない
のですが、どこでも、いつでも、困った人や生き物、社会状況があると心配し、駆けつ
け、できることをやってしまう森さんと自分は、すごく似ている人間だ！　と感じてい
ます。私は、今生を「他人《ひと》のために生きる」と決めており、森さんも、絶対、他人《ひと》のた
めに生きている人だと感じています。
しかし、他人《ひと》や他生物《なかま》のためにお節介が焼ける、懐が広く優しく厳しい兄貴（私は勝
手にそう慕っております）から無理くり（笑）頼まれた解説文を寄せることになった文
庫のタイトルが「ひとごと」っていうのも、なんとも苦笑いです。

ところで、余談ですが、この「ひとごと」ですが、漢字では「他人事」と書きますよね。

実は今、テレビでは、ちょっとした問題になっている言葉なんです。もともと「他人事」と書いて「ひとごと」と読むと書きましたが、これを最近の若者は「たにんごと」と読むのです。今や、テレビの世界では「他人事」と書く「ひとごと」は風前の灯火《ともしび》。バラエティーや情報番組だけでなく、ニュースを読むキャスターでさえ、間違えることがあるほど。放送用語を監視監督する用語委員会からも、「そろそろ容認してもいたしかたなしか……」などというコメントが聞こえてくるような状態です。困ったもんです。いつか、他人事をひとごとと読めない人が人口のマジョリティーを占めるようになるのでしょうね……。

他人という文字からは、自分と関係ないことというイメージが当然伝わるのですが、でも、実際のところ、本当に他人の出来事なのか？　と考えると、否、自分の人生を振り返ってみても、同じような経験、身近な人に起こったことのような親近感、ひょっとしたら自分にも降りかかってきそうなものだという感じがありますよね。もともと「他人事じゃないね」と使っているわけで、実は、自分のこととして捕らえることができる出来事が「ひとごと」なんだと理解できます。

森さんの『ひとごと』は、実は自分にも当然、起こるかもしれないことを客観的に見せられているような、もしくは、心の奥底にそっとしまっていたところを、もう一度、勇気を持って見直そうよって、言われているような。そして「大丈夫だよ、大丈夫」と背中を優しくなでられながら、ちょっと痛かった過去を思い出し、でも最終的にはそのときの判断を「うん、それでいい！　きっと、これでよかった！」ってホッとできる、許しや癒《いや》しが存在している作品ばかりなのでした。

親子の絆《きずな》や家族を取り巻く人間関係の出来事がつづられた8つの短編集ですが、その中の「捨てる理由」には唯一、犬が登場します。愛犬家の森さんだから描ける、飼い主と犬との深い愛とやり取りが感じられ、またストーリーでは犬にだけではなく、知りあったばかりのおじいさんに対して主人公が見せる、人間としての大きな優しさに涙が溢《あふ》れて止みませんでした。

かつて森さんが溺愛《できあい》していた「サラ」ちゃんを突然失ったとき、私は側で森さんの受けた傷を、自分のことのように受け止め、号泣したことや、その後、迎えた「アン」ちゃんとのラブラブな日常を見聞きしていたため、森さんは動物たちに対する愛情を強烈に、そして優しく文字にされているなと思いました。

森さんは、２０１４年秋に、殺処分されてしまう犬・ネコたちを助ける為の朗読会を開きました。この作品はそこで朗読劇として紹介されました。私はリハーサル、ゲネ、本番の全てで、司会としてお手伝いさせていただき、毎回きっちり感動して涙が溢れていました。

今回もこれまで刊行された『ほのかなひかり』や『こころのつづき』に負けずおとらず、涙腺《るいせん》を激しく刺激します。「他人事」であって「ひとごと」であらず……というのが、森さんが込めたメッセージです。

今、世の中では親子や学校の同級生が殺しあう等、悲しいニュースが氾濫《はんらん》しています。TVのニュースを見ながら眉間《みけん》にしわを寄せ「ま～、なんて酷《ひど》い。嫌な世の中になっちゃったわね」などとお茶の間で会話されているのでしょうが、それは、本当に「他人事」と言い切れるのでしょうか？　ひょんなことから、人間関係がこじれて、その先に悲劇が待っていたりするのですが、正しく前向きに選択さえすれば、結末は明るいものへとつながっているもの。

『ひとごと』は、きっと世の中、そんなに捨てたもんじゃないっ、というメッセージを優しく送り出してくれていると思います。そう、ちょっと客観的に状況を見て、前向きに判断すれば……。明るい未来を選ぶことができるのです。

読み終わった後に、優しい気持ちになれ、ホッとできる癒される一冊です。

ひとごと

森《もり》 浩美《ひろみ》

平成27年 5月25日 初版発行
令和6年 4月30日 10版発行

発行者●山下直久

発行●株式会社KADOKAWA
〒102-8177 東京都千代田区富士見2-13-3
電話 0570-002-301(ナビダイヤル)

角川文庫 19187

印刷所●株式会社KADOKAWA
製本所●株式会社KADOKAWA

表紙画●和田三造

●お問い合わせ
https://www.kadokawa.co.jp/(「お問い合わせ」へお進みください)
※内容によっては、お答えできない場合があります。
※サポートは日本国内のみとさせていただきます。
※Japanese text only

ISBN978-4-04-102040-1 C0193

◆◇◇